KB115314

도시
마도사

도시 마도샤 1

네르가시아 장편소설

초판 1쇄 찍은 날 § 2016년 12월 13일
초판 1쇄 펴낸 날 § 2016년 12월 20일

지은이 § 네르가시아
펴낸이 § 서경석

편집책임 § 최지원

펴낸곳 § 도서출판 청어람
등록번호 § 제387-1999-000006호
등록일자 § 1999. 5. 31
어람번호 § 제1-2581호

주소 § 경기도 부천시 부일로 483번길 40 서경B/D 3F (우) 14640
전화 § 032-656-4452 팩스 § 032-656-4453
http://www.chungeoram.com
E-mail § chungeorambook@daum.net

ISBN 979-11-04-91083-8 04810
ISBN 979-11-04-91082-1 (세트)

도시 마도사

네르가시아 장편소설
FUSION FANTASTIC STORY

1

도서출판

청어람

차례

C O N T E N T S

프롤로그 · 7

제1장 지구라는 곳 · 21

제2장 적응 · 47

제3장 전업 수렵꾼 · 89

제4장 뜻하지 않은 일 · 115

제5장 사면초가 · 145

제6장 악수 · 171

제7장 만남 · 195

제8장 지구에서의 한가로운 일상 · 233

제9장 마영신도시 · 259

프롤로그

유페리우스계 동부 대륙 최남단의 깊은 지하 동굴 안.

똑, 똑.

물방울 떨어지는 소리만 가득한 이곳으로 푸른색 캡슐을 앞뒤로 멘 청년이 들어섰다.

"이곳이 바로……."

지하 동굴은 금빛으로 반짝이고 있었다.

동굴 안의 벽면이나 석순, 물방울, 심지어는 동굴 안을 휘몰아치며 다니는 공기마저 탐스러운 황색이었다.

청년은 경이로운 장관 앞에 넋을 놓고 말았다.

"320년 평생에 이런 구경은 또 처음이군."

—이것이 유페리우스에서 보는 마지막 풍경이 되겠군. 즐기라고, 카미엘.

카미엘은 씁쓸하게 웃었다.

"…후후, 미친놈. 지금 이 상황에 즐기게 생겼나?"

—적어도 네놈은 살아 있지 않나? 죽어서 영혼마저 통제기 안에 갇힌 나보다는 낫지.

"그렇게 자학하니 내가 마치 인간쓰레기가 된 것 같군."

—절반쯤은 맞는 소리 아닌가?

"…한 번 더 죽어보는 것은 어때?"

—크큭, 사양이다. 이곳도 나름대로 살 만하다고.

대륙 최고의 천재 마도사이던 카미엘은 마도 기계공학의 선구자로서 손꼽히는 인물이다.

그는 마도 기계공학으로 못 만드는 물건이 없는 천재 중의 천재였다.

지금 그가 팔에 차고 있는 '영혼 통제기' 역시 그가 탄생시킨 역작이라 할 수 있었다.

카미엘은 통제기 안의 영혼 체류기에 말을 걸었다.

"어이, 케이시스."

—…불렀나?

"이곳이 바로 내가 찾던 그곳인가?"

—그렇다. 이 느낌, 죽어서도 잊을 수가 없지. 만약 황홀경이 존재한다면 이와 같지 않겠나?

"그래, 맞아."

영혼과 영혼을 이어주는 기계인 영혼 통제장치는 통제장치 안 체류기에 영혼을 끌어들여 그와 술자를 연결시켜 주는 역할을 한다.

통제장치와 체류기는 신경다발을 통해 술자와 연결되어 있어 영혼과 영혼이 긴밀한 연결을 유지할 수 있었다.

"마나서클이 요동치는군. 이것이야말로 희열의 극치다, 극치!"

—부럽군.

"인명은 재천이다. 죽은 영혼에게 뭘 어떻게 해줄 수는 없지."

—끄응, 조금 더 살았다면 좋았을 텐데.

"노인네, 욕심도 많지."

—내가 아무리 오래 살았어도 네놈보다 더 오래 살았을까? 그러고 보면 하늘은 참 불공평해.

"불공평하긴, 죽은 놈이 잘못이지."

—쿵, 그건 그렇지.

똥밭에서 굴러도 이승이 낫다는 말은 이럴 때 사용하는 모양이다.

잔뜩 얼굴을 찌푸린 케이시스에게 카미엘이 다시 물었다.

"정말 확실한 거지?"

―뭐, 이곳이 우리가 목표한 그곳이 아니라고 해도 나쁠 것은 없지 않나? 이 정도 마력이라면.

"하긴."

카미엘은 이곳 마력의 동굴에서 공간 이동 마법을 수행할 작정이다.

마력의 동굴은 고대의 신수 골드 드래곤의 심장이 묻혀 있는 동굴인데, 이곳에선 인간으로선 상상조차 할 수 없는 마력이 뿜어져 나온다.

대륙 최강의 마검사이자 마도제국의 초대 황제인 케이시스는 이곳 골드 드래곤의 동굴에서 숨을 거두었다.

자신이 죽은 자리는 잊힐 리 없는 법, 카미엘은 케이시스의 영혼을 손에 넣음으로써 이곳에 대한 정보를 얻을 수 있었다.

그가 케이시스를 억제기에 가두어둔 것은 공간 이동 마법을 펼치기 위함이다.

카미엘은 제국 궁정도서관 지하에서 찾아낸 공간 이동 마법의 수식을 꺼내어 펼쳤다.

"드디어……!"

그는 이제 공간 이동 마법의 수식만 완성하여 전개하면 시공간을 넘나들 수 있게 될 것이다.

카미엘이 이토록 공간 이동 마법에 집착하는 것은 모두 그의 두 자손 때문이었다.

발록은 카미엘의 앞뒤로 매달려 있는 아이들을 바라보며 웃었다.

─큭큭, 그나저나 몬스터의 제왕인 이 발록을 집어삼킨 천하의 기계 마도사 카미엘이 보모 노릇이나 하고 있다니, 이것 참, 봐줄 만한 그림이군.

"…뭐? 그런데 이런 개새……."

─어허, 아이가 들어. 욕지거리는 안 하는 것이 좋아.

"……."

카미엘은 끝도 없는 수련으로 인간의 한계를 뛰어넘었는데, 무려 열네 번의 탈피를 거쳐 불로불사의 몸이 되었다.

그 덕에 지금까지 300년이 넘는 시간 동안 인류를 위해 공헌해 왔지만, 카미엘은 정작 제대로 된 가정은 이뤄본 적이 없었다.

하지만 그런 그에게도 혈연이라는 것이 생겼다.

대략 20년 전, 그는 동부 대륙 서부 지역의 작은 왕국에서 여자를 만났다.

언제나 그렇듯 카미엘은 절세 미녀라 불리는 아슈이라 왕녀를 꾀어 관계를 가졌다.

그런데 문제는 이 몇 번의 관계 끝에 덜컥 아이가 들어서고 말았다는 것이다.

이때 생긴 아이가 바로 카미엘의 아들 레이시스다.

사고로 생긴 레이시스는 무럭무럭 자라서 성년이 되었고, 가정을 이루어 아이들을 낳았다.

덕분에 그는 쌍둥이 손자 손녀를 얻게 된 것이다.

카미엘은 깊은 한숨을 내쉬었다.

"…앞길이 막막하군. 운이 좋아서 공간 이동에 성공한다고 해도 아이들을 어떻게 키우지?"

─그래도 몬스터가 우글거리는 이곳에서 아이를 키우는 것보다는 나을걸. 어차피 인류는 다 멸망했잖아.

"그런 소리를 몬스터이던 네가 지껄이는 것이 좀 이상하군."

─킥킥, 원래 인생은 아이러니다.

지금으로부터 3년 전, 한낱 마물에 불과하던 몬스터가 개체 수 폭발을 일으키더니 급기야는 인간의 영역을 조금씩 침범하기 시작했다.

몬스터는 생식 능력이 뛰어나며 모든 개체가 스스로 진화할 수 있는 블루 코어를 몸에 지니고 있어 잘못하면 발록 같은 엄청난 괴물이 탄생하였다.

안 그래도 개체 수가 폭발적으로 늘어나 통제가 안 되는 상황에서 몬스터들의 진화는 가속도를 받아 상상을 초월하는 괴물들이 등장하기 시작하였다.

불과 1년 만에 다섯 개 대륙 중 세 개가 종말을 맞이하였으며, 그 후 1년 만에 나머지 두 개 대륙 역시 최후를 맞이하고 말았다.

"빌어먹을 몬스터 같으니. 네놈들 때문에 아들, 며느리에 아슈이라까지 죽고 말았잖아?"

─그러게 누가 약하게 태어나라고 했나?

"…뭐라?"

─뭐, 네놈과 같은 괴물 마도 기계사는 예외이지만 말이야.

마도 기계사는 마법을 기반으로 하는 기계를 만드는 장인들이다. 카미엘은 어려서부터 이 부분에선 천재적인 기질을 가지고 있었다.

15만 개에 이르는 발명품을 아공간에 차곡차곡 쌓아둔 카미엘은 그것을 필요할 때마다 소환하여 사용했다.

지금 아이들이 들어가 있는 이 캡슐은 아기가 어느 정도 성장할 때까지 영양분을 공급해 주고 청결을 유지해 주는 물건이다.

만약 이것마저 없었다면 카미엘은 아이들을 키울 수 없었을지도 모른다.

"아무튼 이 더러운 사슬을 끊어버리자고."

그는 에고소드인 발록 블레이드를 뽑아 들었다.

스릉!

억제 장치는 영혼이 가진 고유의 힘을 사용하는 일종의 공급 장치이다. 이 힘은 총 네 개의 원소 마법을 담은 룬과 결합하여 새로운 마법을 생성해 낼 수 있었다.

카미엘은 이를 바탕으로 영혼의 힘을 사용하는 에고소드를 개발해 냈고, 그것에 억제 장치에서 나온 힘을 불어넣어 검술을 완성하였다.

기계를 만드는 것 말고는 특별한 재능이 없던 카미엘이 대륙 최강의 검사가 될 수 있었던 것도 모두 이것 덕분이다.

에고소드는 억제 장치에 깃든 영혼의 능력을 대신 사용할 수 있는 기능이 있었는데, 카미엘은 검황 케이시스의 힘을 증폭시켜 사용하곤 했다.

"정확히 심장이 잠들어 있는 곳이 어디라고?"

─네 바로 앞이다. 저 황금색 문, 저곳이야.

골드 드래곤의 동굴 벽에는 그 심장이 봉인된 방이 존재한다.

카미엘은 이제 그곳을 에고소드의 영검술로 갈라낼 생각이다.

스스스스스!

"블랙 파이어스톰!"

화르르르륵, 콰앙!

불의 힘이 담긴 원소 마법 룬에 영혼 특유의 암 속성 마법이 부여되어 강력한 암흑 마법이 구현된다.

케이시스의 검술이 카미엘에게 그대로 전달되어 단칼이 숨겨진 방을 찾았다.

두근두근!

직경 10미터에 이르는 엄청난 크기의 심장이 카미엘의 앞에 모습을 드러냈다.

"이, 이건……."

―드래곤의 심장이다. 이곳에서 흘러나오는 마력을 바탕으로 한다면 충분히 공간 이동에 성공할 수 있을 거야.

카미엘은 몬스터뿐인 이 세상을 벗어나 새로운 땅에서 아이를 키우기 원했다.

"얘들아, 이제 할아버지가 새로운 세상을 보여줄게."

"꺄아!"

아린은 금색 심장을 보자마자 팔다리를 붕붕 내저으며 손을 뻗었다.

아무래도 왕가의 핏줄이라 금붙이를 상당히 좋아하는 모양이다.

"…쯧, 그런 것은 네 할머니를 안 닮아도 되는데."

이제 카미엘은 공간 이동 마법의 수식을 읊기 시작했다.

마법은 고대 룬어의 수식들로 이뤄진 학문인데, 그것을 이해하고 연산하지 못하면 마도학을 펼칠 수 없게 된다.

카미엘의 신체는 총 15번의 탈피를 거쳐 이미 인간의 한계를 뛰어넘었다.

뇌의 용량은 일반인의 두 배, 카미엘은 그것을 85%까지 가동시킬 수 있는 능력을 가지고 있다.

그는 수식을 완성시키고 한 치의 망설임도 없이 차원의 틈을 열었다.

"워프!"

지이이이잉!

그의 앞에 사람 두 명이 간신히 들어갈 수 있을 정도의 푸른색 문이 모습을 드러냈다.

휘이이이잉!

거친 바람이 불어오는 포털의 안쪽에선 범상치 않은 마이너스 에너지가 송출되고 있었다.

치지지지지직!

카미엘은 두 쌍둥이를 양팔에 안았다.

"꺄르르!

"꺄아!"

아마도 아기들은 처음 보는 아공간이 신기하고 재미있어서 자꾸 웃음을 연발하는 모양이다.

카미엘은 씁쓸하게 웃었다.

"…그래, 너희들이 좋으면 나도 좋다."

그는 손자와 손녀를 안고 아공간으로 발을 들여놓았다.

제1장
지구라는 곳

강원도 삼척의 정라항.

우르르르룽, 콰앙!

완연한 겨울임에도 불구하고 먼 바다에서부터 태풍이 몰려오고 있었다.

이미 어선들은 바다에서 철수하여 부두에 단단히 정박해 있었고, 어시장 상인들도 일찍 장사를 접고 집으로 돌아가고 있었다.

기상학자들은 이번 태풍이 강원도를 정통으로 관통할 것이라고 예측했으며, 특히나 삼척에 피해가 대단할 것이라고 예고

하였다.

기상청은 삼척시와 연계하여 시 전체에 통행금지령을 내리고 하루에 두 번씩 물자 보급을 해주기로 했다.

하지만 꼭 하지 말라는 짓은 반드시 해야 직성이 풀리는 사람이 있게 마련이다.

삼척 이사부광장 좌측 골목에 위치한 수산물 할복장에 동네 아낙 몇몇이 모여 있다.

남들이 뭐라고 하든 간에 할 일을 해야 한다는 것이 그녀들의 신조인 것이다.

그녀들은 제철을 맞은 명태 손질에 한창이다.

최근 몇 년 사이에 수온의 변화로 인하여 동해상에서 점점 사라져 가던 명태와 곰치 등 수많은 수산물이 풍년을 맞았다.

그 덕에 요즘 동해안 항구도시들은 너무 바빠서 눈코 뜰 새가 없었다.

이사부광장 맞은편에서 편의점과 카페를 운영하는 박복례는 자신의 계원들을 데리고 할복장 아르바이트를 감행하였다.

오늘 안에 명태 3톤을 처리해 주면 임금을 세 배로 쳐주겠다는 선주의 말 때문이다.

촤락!

아주 능숙하게 명태의 배를 따는 이사부광장 월말 계원들은 저절로 흥이 돋아 콧노래를 불러댔다.

"어얼쑤, 돈 버는 소리가 들리네! 명태도 실하고!"

"언니, 집에 갈 때 몇 마리만 가져가도 될까?"

"한 상자씩 가지고 가. 선주가 그러는데, 요즘 발에 치이는 것이 명태래."

아낙들은 함박웃음을 지었다.

"호호호, 이 정도면 몇 날 며칠 명태만 먹고 살아도 되겠네!"

"대신 시장에 되파는 것은 안 된다는 것만 알아둬."

"에이, 언니도 참, 요즘 명태를 직거래로 팔면 얼마나 남는다고 이걸 팔아? 추워 죽겠는데."

"하긴."

"그나저나 그 몹쓸 것들이 창궐하고 나선 딱 죽겠구나 싶었는데, 이런 봄날이 다 오네?"

"그러게 말이야."

2000년대 초반, 지구는 극심한 온난화 현상으로 인해 생태계가 파괴되고 인류의 존립마저 위협당하는 상황에 직면해 있었다.

일 년에 무려 3도씩 상승한 수온 때문에 대한민국 삼면의 항구도시들이 전부 침수 피해를 입었고 국토 면적의 1/40이 물에 잠겨 버렸다.

2000년도부터 시작하여 2004년까지 이어진 극심한 온난화 현상으로 인해 지구는 곧 종말을 맞을 것이라는 예측까지 나돌았다.

그러나 2005년, 그 모든 예측이 빗나가고 전혀 엉뚱한 곳에서 대재앙이 닥쳐왔다.

11월 초순, 태평양 한가운데에서 불기둥이 솟구치더니 이내 그 불길은 전 세계 곳곳으로 퍼져 나갔다.

불길은 땅 한가운데에 구멍을 뻥 뚫어버렸고, 그 안에서는 생전 듣지도 보지도 못한 괴생명체들이 쏟아져 나왔다.

괴물들은 인간을 보이는 족족 살해하고 나라 안의 모든 것을 파괴하고 다녔다.

결국 만 하루 만에 한국에서만 1천만 명이 사망하였고, 국가 기반 시설 파괴로 인해 150조 원에 달하는 재산 피해가 났다.

사태는 간신히 수습되었지만 그 이후에도 괴생명체는 주기적으로 침공을 시도하였다.

이 침공으로 인해 전 세계 인구 9억 8천만 명이 숨졌으며 15조 달러의 재산 피해가 일어났다.

천문학적, 신기록, 사상 최초, 최악, 이런 문구만이 신문을 도배하였다.

학자들은 흑사병 이후 최악의 재앙이 지구를 휩쓸었다고 기록하였다. 하지만 괴생명체의 출현으로 인해 인류는 오히려 새로운 분기점을 맞게 된다.

인류는 거듭되는 괴물들의 공습을 견뎌내면서 새로운 사실을 하나 발견하게 되었는데, 몬스터의 시신에서 나오는 부산물이 인류 발전에 지대한 공헌을 할 수 있다는 점이다.

통상 몬스터라 불리는 이놈들의 뼈는 티타늄의 무려 50배에 달하는 강도를 가지고 있었다.

그런데 이것을 전기분해하면 물렁물렁한 반고체 상태가 되어 마음대로 모양을 바꿀 수 있었다.

무게는 철의 1/100에 불과한데 강도는 몇십 배가 뛰어나니 신소재로선 가히 혁신적이라 할 수 있었다.

그뿐만이 아니었다.

몬스터의 심장과 각종 장기들은 저마다 에너지로서 활용도가 높았다.

놈들의 심장은 증기를 받아 온도가 높아지면 딱딱한 고체로 형질이 바뀌는데, 이것에 다시 소금물을 섞어 전기 충격을 가하면 엄청난 양의 열이 발생하게 된다.

또한 곱게 간 몬스터의 장기에 소금을 섞어 불을 붙이면 일반 나무의 300배의 연소 시간을 갖게 되며 생수를 부어주면 아주 쉽게 불길도 잡혔다.

더군다나 몬스터의 장기는 100% 완전연소가 되기 때문에 찌꺼기도 남지 않았고 공기 오염도 없었다. 아니, 오히려 연소 과정에서 산소가 발생되어 공기 정화 효과를 보였다.

한마디로 완벽한 에너지원이라는 소리였다.

그 밖에 안구, 힘줄, 가죽, 이빨, 발톱 등, 어느 하나 버릴 것 없이 모든 부위가 각 산업 분야에서 활용도 높게 사용되었다.

이로써 인류는 몬스터에게 위협을 받는 동시에 더욱 진보된 문명을 누릴 수 있게 된 것이다.

박복례는 시계를 바라보았다.

"어이쿠, 드라마 할 시간이네! 영심아, TV 좀 틀어라."

"네, 언니."

할복장에는 55인치 TV가 걸려 있었는데, 요즘 유행한다는 몬스터 홍채 패널 TV였다.

최근에는 몬스터의 홍채를 갈아서 만든 패널이 유행이었다.

선명한 화질에 전자파도 100% 차단되는 홍채 패널은 이제 전자 기기를 만드는 데 있어서 없어선 안 될 중요한 물건이 되었다.

아낙들은 유명 배우가 나오는 드라마를 보면서 지루한 할복에 활력을 불어넣었다.

인기 배우 소지성 주연의 '미안하면 사랑한다'가 요즘 안방극장을 강타하여 뭇 여성들의 가슴을 설레게 하고 있다.

할복장 막내 유희나가 군침을 질질 흘리면서 TV를 보고 있다.

"언니들, 현실에선 저렇게 훤칠하고 잘생긴 남자는 만날 수 없겠죠?"

"만날 수도 있겠지. 하지만 분명 어딘가 하자가 있을 거야. 거시기가 작다든지 아니면 아예 안 선 다든지."

"언니, 우리 오빠 욕하지 말아줄래요? 혹시나 천만 분에 일의 확률로 저런 남자가 나타날 줄 누가 알아요?"

노발대발하는 그녀에게 부녀회장 최혜자가 충고를 한마디 했다.

"아서라, 이 아가씨야. 그런 남자가 있다손 쳐도 아마 여자가 줄을 섰을 것이다. 한 100번째 첩으로 들어가면 또 몰라."

"…너무 현실적이라서 반박을 못 하겠네."

"그리고 그런 남자는 얼굴값 해서 못써. 남자는 자고로 처자식 밥 안 굶기고 밤일이나 잘하면 그만인 거야."

"하여간 이 아줌마들은 기승전색이야. 야한 농담 빼면 대화가 안 된다니까."

"너도 30대가 넘어봐라. 자연스럽게 그렇게 될 테니까."

"쳇, 색녀들 같으니!"

유희나는 연신 투덜거리면서 남은 명태의 배를 마저 갈랐다.

＊　　　　＊　　　　＊

늦은 밤, 유희나가 정라지구 생태 공원을 거닐고 있다.

쐐에에에엥!

엄청난 양의 눈보라를 쏟아내는 겨울 폭풍의 위력은 가히 상상을 초월하였다.

"…정말이지, 내가 서러워서 시집을 가든지 해야지 원. 겨울 태풍이 몰려오는데 데리러 와줄 사람도 한 명 없네."

몬스터가 출몰하고 나서부터는 생태계가 회복되어 다시 사계절이 뚜렷해졌다.

하지만 여름이 여름답고 겨울이 겨울다워 생태계가 다시 회복되고 자연환경이 제자리로 돌아온 것은 좋은데, 매년 여름과 겨울마다 태풍이 몰아치고 있다는 것이 문제였다.

이 또한 기상이변이니 학자들은 지구가 또 다른 재앙을 준비하고 있는 것이 아니냐고 우려하기도 했다.

"눈도 더럽게 많이 오네!"

재난에서 비교적 안전한 한국이었지만 요즘 들어 자꾸 겨울 태풍이 북상하여 잦은 피해를 낳고 사라지곤 했다.

눈보라를 뚫고 천천히 앞으로 나아가던 유희나는 생태 공원 '넝쿨식물 벽 길'에 잠시 멈추어 섰다.

"후우, 좀 쉬었다가 가야지. 아주 눈사람이 되어버리겠어."

최근 5년간 삼척은 엄청난 숫자의 관광객을 유치하여 급속도로 발전하였는데, 이제 곧 1970년대의 영광을 재현하는 것이 아니냐는 관측까지 나오고 있었다.

원래 재정이 넉넉한 도시로 손꼽히던 삼척이던 데다 관광 수입까지 짭짤하게 벌리니 이런 호화스런 생태 공원도 아무렇지 않게 마구 지어댔다.

"…이럴 돈 있으면 나나 좀 주지. 아주 먹고 죽으려 해도 없는데 말이야."

5년 넘게 공시를 준비해서 간신히 동사무소에 취직했더니 쥐꼬리만 한 월급에 혜택이라곤 눈 씻고 찾아도 찾아볼 수가 없었다.

그나마 얼마 전까지만 해도 시에서 카지노 수익금을 보너스로 챙겨주기도 했는데 요즘은 국정감사니 국정 사업이니 해서 그마저도 끊긴 지 오래이다.

만약 명태 할복 아르바이트까지 사라지게 된다면 그녀는 주말마다 공사장에서 벽돌을 날라야 할 판이다.

"어디 하늘에서 남자 하나 안 떨어지나? 우리 지성이 오빠처럼 생긴 사람으로."

바로 그때였다.

피융!

눈보라가 흩날리던 하늘에서 갑자기 빛줄기가 떨어져 내렸다.

순간, 그녀는 고개를 갸웃거렸다.

"…어라?"

이윽고 그 빛줄기가 엄청난 크기로 분화하였다.

끼이이잉!

"으으으으윽!"

빛줄기가 빛무리로 바뀌고 난 지 10초쯤 흘렀을 때에야 그녀는 눈을 뜰 수 있었다.

"뭐, 뭐야, 이게?!"

그녀는 이게 도대체 무슨 일인가 싶어 빛줄기가 떨어진 곳으로 다가가 보았다.

그러자 푸른색 캡슐을 품에 꼭 끌어안은 남자가 눈에 들어왔다.

"허억, 허억! 사, 살……"

순간, 그녀는 화들짝 놀라 뒤로 엉덩방아를 찧고 말았다.

"어, 엄마야!"

"으으으으……"

"다, 다쳤나?"

사내의 안색이 좋지 않았다.

그녀는 어서 구급차를 불러주어야겠다고 생각했다.

"구, 구조대를 불러야 해! 저, 전화가……"

떨리는 손으로 전화기를 잡은 그녀가 119에 신고를 하려 했으나 폭설로 인해 신호가 잡히지 않았다.

　서비스 지역 이탈

　"이, 이런……!"

　지금은 통행금지가 내려 도로 위에는 차도 다니지 않았다.

　이제 그녀에게 남은 선택의 여지는 별로 없었다.

　희나는 동사무소 직원답게 제법 능숙하게 주변 시설물 중에서 쓸 만한 것을 금방 찾아냈다.

　그녀는 제설에 쓰이는 비닐 포대 위에 남자를 올리고 끝을 PP로프로 고정시켜서 응급 썰매를 만들었다.

　"끄응!"

　공무원으로서 위급한 사람을 그냥 지나칠 수 없다는 생각이 든 그녀는 죽을힘을 다해서 동사무소까지 그를 끌고 갔다.

　　　　　＊　　　　＊　　　　＊

　깊은 어둠 속에 카미엘이 홀로 서 있다.

　그는 피투성이가 되어 자신을 찾아온 아들을 맞이했다.

　'아, 아버지…….'

　'레이시스!'

　아들은 구유에 담긴 아이 둘을 내밀었다.

　'갑자기 찾아와서 죄송합니다. 하지만 아이를 맡길 데가 없

어요. 어머니도 돌아가시고……'

사고로 낳은 아들이지만 적어도 1년에 한 번씩은 얼굴을 본 카미엘이다.

그는 구유에 담긴 쌍둥이 남매를 바라보았다.

'…네 엄마를 닮았구나.'

'절반은 아버지를……'

부자가 상봉한 지 얼마 되지 않아 아들이 피를 토했다.

푸하아악!

'우웨에에엑!'

'레이시스!'

'아버지, 죄송합니다! 부디 아이들을 잘 키워주……'

털썩.

아들은 죽어버렸고, 카미엘은 자신에게 남은 손자 손녀를 안아 들었다.

'따뜻하구나.'

그는 자신이 지키지 못한 아들 대신 손녀와 손자를 잘 키워야겠다고 다짐했다.

하지만 그 다짐은 차원의 포탈을 넘어오면서 깨지고 말았다.

그는 아공간을 넘어오면서 정신을 잃어버린 것이다.

'아, 안 돼! 내 새끼들, 내 새끼들!'

그는 자신의 양팔에서 사라져 버린 아이들의 이름을 애타게 불렀다.

'아넬, 아린!'

피눈물을 흘리며 아이들을 찾던 카미엘은 일순간 손발이 묶였다.

'우, 우웁! 우우웁!'

바로 그 순간, 카미엘이 눈을 떴다.

"허, 허억!"

화들짝 놀란 카미엘이 잠에서 깨어났을 때쯤, 주변에는 이상한 복장을 한 사람들이 잔뜩 몰려 있었다.

주황색 옷에 검은색 모자를 쓴 사내들은 안도의 한숨을 내쉬었다.

"휴우, 고비는 넘긴 것 같네요."

"……."

"이봐요, 정신이 좀 들어요?"

카미엘은 그 자리에서 벌떡 일어섰다.

"…캐, 캡슐! 아이들이 든 캡슐!"

"아아, 쌍둥이요? 지금 저 안에서 자고 있어요."

그는 정신이 나간 사람처럼 아이들을 찾아 나섰다.

"내, 내 아이들을……."

"아이들이 보고 싶은 모양이로군요? 조금만 기다리세요."

검은색 머리에 아담한 체구를 가진 그녀가 바퀴가 달린 수레를 끌고 나왔다.

수레에는 아주 폭신해 보이는 이불이 깔려 있고, 쌍둥이는 아주 편안한 표정으로 잠에 빠져 있었다.

"…다행이다. 살았구나!"

"아이들이 참 예쁘네요. 아빠를 닮았나?"

카미엘은 고개를 끄덕였다.

"아마 그럴 겁니다. 반은 할머니를 닮았죠."

"그래요?"

그는 간신히 목숨을 건졌음에 감사의 인사를 건넸다.

"고맙습니다. 이 은혜를 어떻게 갚아야 할지……."

"괜찮아요. 이곳까지 끌고 오는 데 죽을 뻔했지만 그래도 아이들과 아저씨가 무사하니 다행이죠."

"그렇군요."

여자는 카미엘에게 신분을 물었다.

"그나저나 어디에서 오셨어요? 보아하니 한국 사람은 아닌 것 같은데."

카미엘은 당황했다.

'젠장, 그나저나 여기가 어디야? 뭐라고 대답해야 하는 건가?'

그는 아직까지 이곳에 대한 정보가 아예 없어서 어떻게 대

처해야 할지 감을 잡을 수 없었다.

그나마 다행인 것은 영혼 통제기에 내장된 마법 중에 언어 변환 마법도 포함이 되어 있다는 점이다.

말을 알아듣고 글을 읽는 것은 문제가 안 되지만 이곳이 어딘지 아는 것은 불가능했다.

"아저씨, 그럼 여권은요?

"…여, 여권?"

"신분을 확인할 수 있는 신분증이요."

"신분증?"

"외국인이 이곳까지 왔으면 여권이 있을 텐데요? 공항에서 검색하지 않았어요?"

그는 일단 고개를 갸웃거렸다.

그러자 주황색 옷을 입은 사내가 한 방에 상황을 정리해 주었다.

"기억상실, 뭐 그런 것 같은데요?"

"기억상실이요?"

"단기 기억상실은 최근에 벌어진 일에 대해서 기억하지 못해요. 아마 지금도 그런 맥락이겠지요."

"으음."

여자는 걱정스러운 말투로 물었다.

"그나저나 큰일이네요. 딱 봐도 외국에서 온 사람 같은데 어쩌죠? 국적이 어떻게 돼요?"

"모릅니다."

"나이는요?"

"몰라요."

"이름은요?"

"잘……."

카미엘은 이곳이 어딘지는 몰라도 당장 아이들을 해칠 사람들로 보이지는 않으니 일단 기억상실로 밀어붙이는 것이 유리할 것으로 보였다.

'모르쇠가 답이군. 그래, 일단 모른다고 잡아떼다가 여차하면 아이들을 데리고 도망치면 되겠어.'

입을 많이 놀려서 좋을 것 없다는 것쯤은 카미엘도 잘 알고 있었다.

카미엘이 한창 눈치를 보고 있을 때쯤, 주황색 옷의 사내가 다시 한 번 상황을 정리해 주었다.

"이제 보니 단기 기억상실이 아닌 것 같은데요? 이름도 모른다고 하는 것을 보니 말이죠."

"흐음."

"혹시 머리가 아프거나 몸살기가 있지는 않아요?"

"조금……."

"그래, 맞아요. 머리를 다친 것이 분명해요."

여자는 한숨을 푹 내쉬었다.

"휴우, 큰일이네요. 외국인이 정신까지 잃었으니 도대체 어떻게 도와주어야 할지 모르겠어요."

"그러게 말입니다. 한국에서도 기억상실에 빠지면 가족을 못 찾는 경우가 많은데, 하물며 외국인은 더하겠지요."

"그럼 어째요?"

"일단 동사무소에서 보호하고 있어야 하지 않겠습니까? 삼척시 복지과와 얘기도 좀 해보고요."

다행히도 이들은 오지랖이 넓어 군이 카미엘이 뭐라고 하지 않아도 알아서 북 치고 장구 치고 있었다.

만약 이들이 조금만 더 악했다면 지금쯤 이곳은 피바다가 되었을지도 모른다.

'천만다행이다. 이들은 생각보다 순진한 것 같아.'

잠시 후, 잠에서 깨어난 쌍둥이가 울음을 터뜨렸다.

"으아아앙!"

"이, 이런, 배가 고파서 깬 모양입니다."

"일단 산모들에게 나누어주는 산모 박스에서 필요한 것들을 꺼내서 사용하기로 하죠."

"산모 박스?"

"아이가 태어나면 엄마들에게 선물로 주는 박스예요. 어지간한 것은 다 들어 있지요."

"아아, 그렇군요."

그녀는 종이 박스를 뜯어 그 안의 내용물을 보여주며 말했다.

촤아아아악!

"자, 봐요. 필요한 것은 다 들어 있죠?"

"…이게 다 뭔데요?"

"아이 아빠 아니에요?"

"예, 예……?"

"아빠인데 이것도 몰라요?"

"그, 그게……."

그녀는 원통에서 흰색 가루를 퍼다 마치 젖꼭지처럼 생긴 빨대가 달린 병에 담았다.

그리고 그 안에 뜨거운 물과 찬물을 번갈아 가면서 부었다.

촤르르르륵.

"아마 저 개월 수엔 180밀리 조금 넘게 먹이면 될 거예요. 200밀리 정도 타면 맞겠죠?"

"미, 밀리?"

"밀리리터요. 180밀리리터면 거의 평균이라고 보시면 돼요."

"아, 아……."

카미엘은 뭐가 뭔지는 몰라도 일단 고개를 끄덕였다.

보통 여자들은 자신이 하는 말에 공감을 해주면 말이 좀 안 통해도 그럭저럭 좋아하는 경향이 있기 때문이다.

이 경우엔 상황이 좀 다르긴 하지만, 그래도 대화가 끊어지거나 여자가 토라지는 일은 없었다.

"일단 한 명은 제가 맡을 테니 한 명은 아저씨가 맡아요. 우유를 한꺼번에 먹일 수는 없잖아요?"

"아, 예."

그는 그녀가 한 행동 그대로 분유를 타서 손자에게 물렸다.

"쭙쭙……."

"고놈, 참 잘 먹네."

뿌듯하게 아이를 바라보던 카미엘에게 그녀가 물었다.

"아까 기억이 안 난다고 하셨지만, 아이를 찾는 것을 보니 혈연관계가 맞는 것 같던데… 아들딸인가요?"

카미엘은 고개를 가로저었다.

"아닙니다. 아들과 딸은 아니에요."

"그럼 조카?"

"아니요."

"서, 설마 동생?"

"아니요. 제 손주들입니다."

순간, 정적이 흘렀다.

"…뭐라고요?"

"손자요. 제가 좀 늦기는 했습니다만, 다행히도 운이 좋아서 자손을 남겼지요."

"……."

잠시 후, 그녀가 웃음을 터뜨린다.

"호호호! 아저씨, 위트가 좀 넘치시네요?"

"위, 위트?"

"잘해봐야 20대 후반이나 되었을 텐데, 무슨 손자가 있어요? 지금이 무슨 중세 시대도 아니고."

카미엘은 멋쩍게 뒤통수를 긁적거렸다.

"진짠데……."

"재미있는 아저씨네."

"…고맙습니다."

아직까지 얼떨떨하기 짝이 없는 카미엘이다.

＊　　　＊　　　＊

다음 날, 삼척 시청에서 사람들이 파견되어 나왔다.

정신과 의료진과 시청 주민등록 담당과 직원들이 각종 자료와 차트를 한 뭉치나 들고 카미엘의 앞에 앉았다.

의사는 카미엘에게 자신의 이름을 종이에 적어보도록 시켰다.

"선생님이 원래 쓰던 글자를 좀 써보시겠어요? 이름만이라도."

카미엘은 고개를 갸웃거렸다.

"잘……."

"그럼 아이들의 이름은 기억해요?"

"아린, 아델."

"아린과 아델이라… 그럼 선생님의 성함은요?"

"모릅니다."

"저 아이들과의 관계는?"

"그때도 말씀드렸지만 손자와 손녀라고……."

"흐음……."

의사는 대충 종이에 뭔가를 끼적거리더니 이내 진단을 내렸다.

"기억상실이네요. 약간의 착란 증상도 의심되고요."

"착란이요?"

"확진은 아닙니다만, 아이들을 자식이 아니라 손자라고 하는 것을 보면 착란이 있을 수도 있겠어요."

"그렇군요."

"그럼 이제 아이들을……."

의사가 카미엘에게서 아이를 떼어내려 하자 카미엘이 발끈하여 소리쳤다.

"…이봐요, 내 새끼들에게 손만 대봐요. 복지고 뭐고 그냥 다……."

"아아, 미안합니다. 전 그저 아이들이 머리를 다치지는 않았는지 진찰하는 겁니다."

"그렇다면야……."

시청 직원들이 카미엘의 행동을 보곤 낮게 속닥거렸다.

"…손자인지 아닌지는 몰라도 핏줄은 맞나 봐."

"그러게."

의사는 아이들의 상태를 살피더니 대수롭지 않게 고개를 끄덕였다.

"아이들의 상태는 좋네요. 추후에 소아과에 한번 데리고 가보세요. 예방접종이라든지 소아과 진료를 봐야 할 수도 있으니까요."

"고맙습니다."

이번에는 삼척 주민등록 담당과 직원들이 카미엘에게 물었다.

"혹시 고향이 어딘지 기억나세요?"

"아니요."

"그럼 직업은요?"

"잘……."

"흐음, 이름도 모르고 고향도 모른다."

"미안합니다."

"아니요, 선생님이 미안해할 일은 아니죠."

그들은 카미엘에게 임시 주민등록증을 건넸다.

"일단 이것을 받으세요. 주민등록증을 임시로 드릴 테니까 3개월간 사용하세요. 그래도 기억이 안 돌아오면 소정의 심사를 거쳐서 정식 주민등록이 발급될 겁니다."

이들은 이미 인터폴과 국제난민기구를 통하여 카미엘의 신분이 아예 불투명하다는 것을 알고 있었다.

요즘 난민 문제가 하도 심각해서 국제난민기구에선 전 세계의 모든 주민등록 데이터를 수집하여 지문 샘플을 확보하고 있었다.

만약 그럼에도 불구하고 신원이 불확실하면 중앙정부에서 각종 심사를 거쳐 주민등록을 발급하게 되어 있었다.

물론 그 절차가 복잡해서 주민등록이 발급될 확률보다는 난민 캠프로 전출 갈 확률이 더 높았다.

"아무튼 기왕지사 한국에 오신 김에 즐겁게 지내십시오."

"고맙습니다."

이제 카미엘은 삼척 복지시설에서 며칠 머물렀다가 시에서 관리하는 빈집을 배정 받게 될 것이다.

제2장
적응

　일주일 후, 카미엘은 쌍둥이를 앞뒤로 들쳐 메고 봉황산 중턱까지 올라갔다.

　휘이이잉!

　시원한 바람이 부는 이곳의 풍경은 카미엘이 어려서부터 보아온 고향과는 또 다른 정취가 있었다.

　"아름답구나. 이런 도시가 존재하고 있었다니……."

　카미엘이 한창 감탄사를 연발하고 있을 무렵, 삼척 복지과 직원 안성철이 헉헉거리는 걸음으로 따라왔다.

　"헥헥, 죽겠네."

"미안합니다. 괜히 저 때문에 고생이 많군요."

"아니요. 별말씀을."

그는 산모 박스 두 개를 짊어지고 벌써 30분째 산비탈을 오르고 있는 중이었다.

원래는 차를 타고 이곳까지 올라올 수 있지만 눈이 많이 내려 이곳의 도로가 빙판이라 도보로 다닐 수밖에 없었던 것이다.

안성철은 카미엘에게 손가락으로 산등성이 한복판에 있는 집을 가리켰다.

"저 멀리 보이시는 집이 제가 말씀드린 그곳입니다. 집주인이 버리고 간 것을 저희들이 개조, 수리하여 경매에 내놓을 작정이었습니다. 하지만 워낙 외지에다가 주변에 무덤이 많아서 팔지도 못한 채 가지고만 있었죠."

"저 집을 저에게 임대하여 주신다는 말씀이십니까?"

"네, 그래요. 전기, 수도, 가스 전부 다 들어오고 인터넷도 됩니다."

"그렇군요."

삼척시는 복지에 대한 정책도 잘 책정되어 있어서 외지인이 기억을 잃었다고 해도 지낼 집 정도는 내어줄 수 있는 여유가 있었다.

안성철이 너스레를 떨었다.

"아무튼 선생님은 운이 좋으신 겁니다. 서울이나 대전, 뭐 이런 곳이었다면 어림도 없었을 거라고요."

"감사합니다. 신경을 써주셔서."

"별말씀을요. 삼척에서 기억을 잃은 것도 다 선생님의 복이죠."

산비탈 아래에 바다의 풍경이 그대로 조망되는 이곳은 집 바로 옆으로 개울도 하나 흐르고 있었다.

모르긴 몰라도 이곳에서 농사를 짓는다면 꽤 괜찮은 수확이 있을 것으로 보였다.

안성철이 40평의 마당과 15평의 가옥이 들어서 있는 집의 대문을 열었다.

끼익.

그러자 토끼와 강아지 몇 마리가 그를 반겼다.

"헥헥……."

"아 참, 원래 이곳에서 떠돌이 개를 몇 마리 키웠는데 깜빡하고 말씀을 못 드렸네요. 같이 부탁 좀 드려도 될까요? 사료는 저희들이 달마다 채워 드릴게요."

"원래 집에 개가 있어야 도둑이 안 드는 법이죠."

"그래요. 아이들도 집에 개가 있으면 정서적으로 좋다는 소리도 있더군요."

그는 카미엘에게 집의 구조에 대해 설명해 주었다.

"보시다시피 마당에는 토끼와 개들이 살고 있고 작게나마 텃밭도 있습니다. 평상과 흔들의자도 그대로 사용하시면 되고요."

"예, 알겠습니다."

안성철은 마당을 지나 집의 문을 열었다.

드르륵!

그러자 분홍색 벽지에 흰색 장판으로 꾸며진 아기자기한 집이 모습을 드러냈다.

"마루 겸 복도에는 전기 배선과 건조장이 마련되어 있어요. 방은 두 개, 욕실은 하나. 화장실은 욕실에 딸려 있고 주방은 작은방 옆에 있습니다. 난방기는 큰방에서 조종하시면 되고 느리지만 컴퓨터와 작은 TV도 있습니다."

사람이 생활하는 데 필요한 모든 것이 구비되어 있지만 정작 사용법을 하나도 모르는 카미엘이다.

그는 집의 사용법에 대해 물었다.

"저는 보일러나 가스, 뭐 이런 것을 처음 봐서……."

"으음, 그럼 제가 메모를 하나 해드리고 가겠습니다. 그것을 보고 작동시키고 모르는 것이 있으면 연락 주세요."

"네, 감사합니다."

"아무튼 저는 이만 가보겠습니다. 다음 집도 가봐야 하거든요."

"고맙습니다. 이 은혜는 언젠가 꼭 갚겠습니다."

"별말씀을요."

안성철은 쪽지에 이런저런 글귀를 적어두고 길을 떠났다.

이제 카미엘은 손자 손녀와 함께 이곳에서 생활하게 된 것이다.

"정말 죽으라는 법은 없는 모양이구나. 그렇지, 아델, 아린?"

"꺄아!"

카미엘은 아이들을 데리고 따뜻한 방으로 들어갔다.

＊　　　＊　　　＊

이른 아침, 카미엘이 컴퓨터 앞에 앉아 있다.

그는 배불리 분유를 먹고 쭉 뻗어 자고 있는 아이들을 앞뒤로 들쳐 멘 채 인터넷 웹 서핑을 하고 있었다.

이 집에는 아이들 교육용 책이 몇 권 구비되어 있었는데, 그 책에 나온 내용을 종합해 보니 인터넷보다 더 좋은 정보통이 없다고 판단되었다.

그는 인터넷 웹 서핑을 해보면서 놀라움을 금치 못했다.

"마우스 하나와 키보드만 있어도 이 세상의 모든 지식을 다 접할 수 있겠구나!"

카미엘은 일반인은 범접할 수도 없는 엄청난 두뇌를 가지고 있기 때문에 한 번 본 것은 절대로 까먹는 법이 없었다.

그는 순식간에 이 세상에 대한 지식을 흡수하기 시작하였다.

일단은 이 세상이 어떻게 돌아가고 있는지, 또한 그가 앞으로 어떻게 살아야 할지를 공부하였다.

그는 인터넷 기사 중 대부분을 차지하고 있는 몬스터에 대한 글귀를 접하였다.

강원도 동해, 삼척 지역, 몬스터 출몰.
강원도지사, 용병 모집으로 몬스터 출몰 저지시켜야…….

카미엘은 이곳 지구에도 몬스터가 창궐해 있음을 알 수 있었다.

아마 이곳의 과학 문명 덕분에 지구가 멸망하지는 않았겠지만 까딱 방심하면 유페리우스 꼴이 날 수도 있다는 생각도 들었다.

"방심하는 순간 죽는 거다."

그는 계속해서 관련 기사를 읽어 내려갔다.

강원도 용병단 모집. 기본 일당 15만 원+@
용병단 대모집! 기본 일당 10만 원부터…….

신문사에선 용병단을 대거 모집한다는 쪽광고를 통하여 사람을 모집하고 있었는데, 요즘은 군대가 몬스터를 전부 대응하기가 힘들어서 사설 용병을 고용하는 추세였다.

물론 특수부대에서 근무한 경험이 있어야 하며 신체적 결격 사유가 없어야 한다는 등의 조건이 있었다.

그러므로 카미엘은 해당 사항이 없었다.

"젠장, 공사장에서 벽돌이라도 날라야 하나?"

카미엘은 대륙 세 번째의 9서클 마스터였다.

그가 에고소드를 통해 마법을 조합하여 마력의 증폭을 꾀할 수 있는 것도 모두 마법사로서의 경지가 높기 때문이다.

그러나 지금 당장 마법으로 뭘 어떻게 할 수 있는 것은 없었다.

그는 어디까지나 이방인이고, 요즘 대한민국에선 난민에 대한 문제가 상당히 크게 화두가 되어 있기 때문이다.

똥인지 된장인지 구분도 못하고 날뛰다간 무슨 일을 당할지 아무도 모른다.

더군다나 그는 차원의 틈을 뛰어넘으면서 심장이 찌그러져 마나서클이 불안정해졌다.

기본적인 것은 몰라도 당분간은 마법 사용을 자제해야 한다는 소리다.

그는 앞길이 막막해졌다.

"어떻게든 아이들 분유값은 벌어야 하는데……."

카미엘이 인터넷 구인 잡지를 구독하고 있는데, 특이한 글귀가 눈에 들어왔다.

삼척시 정라동 할복장 아르바이트 구함. 시급 5천 원, 수습기간 4천 원 적용. 채용 조건 없음. 무조건 성실한 사람이면 OK.

카미엘은 고개를 갸웃거렸다.

"할복?"

물고기의 배를 갈라서 내장을 따는 일인 모양이다.

그는 집에 있는 유선전화를 통하여 할복장 담당자를 연결했다.

—네, 정라동 주민센터 유희나입니다.

"어라? 희나 씨?"

—아저씨?

"당신이 할복장 담당자입니까?"

—네, 그래요.

"그렇다면 일 좀 부탁합시다. 할복장 아르바이트라도 해야 할 것 같아서요."

─으음, 하실 수 있겠어요? 아이들은 어떻게 하시게요?

"들쳐 업고라도 나가야죠."

─그럴 바엔 차라리 아이돌보미 서비스를 받으세요. 요즘은 아이들 맡아주는 프로그램이 잘되어 있어요.

"아아, 그렇군요."

─아무튼 내일 아침까지 아이들 데리고 동사무소로 오세요.

"네, 알겠습니다."

한때는 대마도사의 칭호를 받던 카미엘이 물고기 배나 딴다면 지나가던 개가 웃겠지만, 지금은 이런 것 저런 것 따질 처지가 아니었다.

"일단 벌자."

그는 생존을 위해서라면 자존심쯤은 얼마든지 버릴 수 있는 사람이었다.

* * *

삼척시장 집무실 안, 두 명의 군인과 시의원이 집무실 안에 들어가 있다.

시장 하동칠에게 시의원 성민교가 말했다.

"시에서 협조를 안 해주시면 사냥은 어렵습니다. 결국 저지선이 무너지면 우린 모두 다 죽고 말 겁니다."

"하지만 그렇게 위험한 곳으로 가려고 할 용병이 세상에 어디 있겠습니까?"

"그럼 어쩝니까? 이대로 가만히 보고만 있어요?"

41보병사단 포병연대장 김석출 대령은 현재 해안선을 따라서 생겨난 길고 거대한 동굴을 따라 몬스터들이 정라항으로 쏟아져 나올 것이라는 예상도를 보여주었다.

"근원지가 어딘지 알아내지 못하면 정라항은 초토화가 될 겁니다. 아시겠지만 요즘 삼척시 내 최고의 관광지가 바로 정라항입니다. 이곳을 잃으면 군부대 상륙도 어렵습니다만, 삼척시의 타격도 만만치가 않을 테지요."

"…그래서 우리더러 뭘 어쩌라는 겁니까? 그건 군대가 알아서 해야 할 문제 아닌가요?"

"우리 사단은 현재 최악의 격전지인 근덕지구와 원덕지구를 커버하기에도 벅찹니다."

"그렇다고 해서 한발 물러나시겠다?"

"물러나는 것이 아닙니다. 협조를 구하는 것이지요."

현재 삼척에는 산발적으로 몬스터가 출몰하고 있었는데, 지질학자들의 말에 따르면 해안선을 따라 무려 20㎞나 되는 동굴이 새로 만들어져 몬스터들이 그 길을 따라서 갑작스럽게 튀어나온다는 것이다.

문제는 이 해안선이 23개로 갈라졌다가 결국엔 삼척시에서 첫 번째, 두 번째를 다투는 관광지인 정라항으로 쏟아져 들어온다는 것이었다.

　시의회와 군부대는 시청의 용병단 모집 사업을 조금 더 자극하여 대규모 용병 부대를 구성할 것을 적극 권장하고 있었다.

　하지만 현재 삼척시의 자금력이 국정 사업과 관광사업에 집중 투자되고 있기 때문에 돈을 빼낼 여력이 안 되는 실정이었다.

　물론 삼척이 부유한 것은 사실이지만 그렇다고 지금 당장 동원할 수 있는 현금이 많다는 것은 아니다.

　각자의 입장 차가 이렇게 다른데 얘기가 제대로 풀릴 리가 없었다.

　하동칠은 답답함을 토로하였다.

　"…그러게 적당히들 하셨어야죠. 이게 지금 뭡니까?"

　"여기서 그런 말이 왜 나옵니까?"

　"말이야 바른 말이지, 우리 시청은 이번 일과 관련이 없지 않습니까?"

　"…뭐라?"

　이들이 중앙정부와 군사령부에 이 사실을 알리지 못하는 것은 현재의 몬스터 창궐이 모두 비리로 인한 것이기 때문이었다.

해안선의 몬스터는 원래 땅굴을 파고 해변을 따라서 빠르게 이동하는 특성을 가지고 있었다.

기습을 좋아하고 적당히 염분이 많은 곳을 선호하는 터라 해안선을 따라 방호시설을 갖추어 놓지 않으면 낭패를 보게 되어 있었다.

삼척은 해안선 몬스터의 출몰이 5년 넘게 없었는데, 결국 방호시설을 정비하지 않고 그 아래로 지하 수로를 뚫어버린 것이다.

하지만 5년 넘게 방치되어 있던 방호시설은 심하게 낙후되어 더 이상 제 기능을 할 수 없는 상태였다.

그러니 방호시설이 뚫리고 그 아래 지하 수로가 놈들의 손에 넘어가 해안선 전체가 지하 동굴로 변해 버린 것이다.

그런데 이 문제의 지하 수로를 뚫는 데 군부대와 시의회의 비리가 관련되어 있었다.

처음 지하 수로 사업을 발표한 시의회는 군부대에 로비하여 방호시설 정비에 대한 평가를 특등급으로 내어주고 시청은 이를 모두 묵과하고 승인하여 사업을 진행하였다.

그 결과 지금과 같은 말도 안 되는 결과를 낳게 된 것이다.

만약 중앙정부에서 이 사실을 알게 된다면 이 일에 관련된 모든 사람의 목이 달아날 것이 분명했다.

그나마 시청은 시의회가 마련하고 군부대가 승인한 이 사안들을 액면 그대로 믿고 승인하였다고 하면 최소한 책임 추궁은 면하게 될 터였다.

하지만 지금 여기서 갑자기 자금을 출자하여 용병을 늘리고 이 일에 개입하게 되면 입장이 참 곤란하게 될 것이 뻔했다.

성민교가 하동칠의 멱살을 잡았다.

꽈득!

"이런 씨발, 지금 와서 발뺌하겠다? 그 공사에서 네놈이 떼어먹은 돈이 얼마인데?!"

"그거야 나는 모르는 일이고."

"이런 개새⋯⋯!"

김석출 대령은 두 사람을 만류하였다.

"그만하세요. 이런다고 문제가 해결되지는 않아요."

"흥, 나는 모르는 일이라고."

"당신이 안전도 조사를 제대로 평가하지 않았다는 점은 국정감사에서 확실히 불리하게 작용할 겁니다. 그런데 만약 공사 리베이트 의혹과 로비 영상이 유포된다면요?"

"⋯뭐요?"

김석출과 두 사람은 로비가 있는 날이면 저 멀리 서울에서 원정 성매매 등을 벌이면서 옴팡지게 놀곤 했다.

그는 그 정황이 담긴 파일을 가지고 있었던 것이다.

"사진과 동영상이 몇 개 있습니다. 확인해 보실래요?"

"……."

"그럴 것 아니면 그냥 좀 앉으세요."

"젠장."

"우리는 모두 한배를 탔습니다. 그 점을 잊지 마세요."

김석출은 일단 용병단을 모집해 두는 것이 좋겠다고 제안했다.

"규모가 얼마가 되었든 간에 용병단은 계속 모집하세요. 차라리 24개의 구멍으로 몬스터들이 흘러나오게 하면 정라항이 타격을 받는 일은 그리 많지 않을 겁니다. 이렇게 시간을 벌면서 방법을 구상해 보는 것으로 합시다."

"…그럽시다."

세 사람은 이제 빼도 박도 못하는 상황에 처하게 된 것이다.

*　　　*　　　*

얼마 전에 리모델링이 끝난 정라동 할복장으로 50명의 아낙들이 모여들었다.

웅성, 웅성.

워낙 말이 많은 아낙들인지라 불과 50명만으로도 무슨 대규모 시위 현장에 나와 있는 것 같았다.

카미엘은 고개를 설레설레 내저었다.

'내가 과연 이곳에서 살아남을 수 있을까?'

여자 세 명이 모이면 접시가 깨진다는 말이 있듯이 여자들 사이에 남자가 끼면 그 고생이 여간 지독한 것이 아니다.

특히나 이런 중년 여성들이 즐비한 곳에선 말할 것도 없었다.

"어머, 저 엉덩이 탱탱한 것 좀 봐! 한 대 때려주고 싶네!"

"영계를 그렇게 막 다루면 어떻게 해? 살살 문질러 주어야지."

"……."

그러나 어찌 되었든 간에 카미엘은 밥벌이를 해야 하는 가장이었다.

인내는 이제 그의 기본 덕목이 되었다.

그는 아낙들을 따라서 엄청난 양의 명태가 쌓여 있는 창고로 향했다.

부녀회장 최혜자는 카미엘에게 일머리가 어떻게 돌아가는 것인지 친절히 알려주었다.

"명태 창고에서 자동화 기계가 명태를 녹여서 컨베이어 벨트에 올려줘요. 그럼 우리는 그 명태를 받아서 배를 따기만

하면 되는 거죠."

"그럼 끝입니까?"

"다만 배를 딸 때 행동이 너무 늦으면 작업 라인이 꼬여 버려요. 그러니까 최대한 빨리 움직이세요. 만약 작업량이 자꾸 뒤처지면 임금이 삭감되니까 참고하세요."

"예, 알겠습니다."

일단 대답은 했지만 태어나 생선이라는 것을 처음 만져보는 카미엘로선 여간 긴장되는 순간이 아니었다.

그러나 겉으로는 아주 덤덤하게 작업장으로 향했다.

그는 고무장화에 고무 앞치마, 그리고 위생 모자와 고무장갑으로 완전무장을 하고 작업장에 앉았다.

잠시 후, 작업장 컨베이어 벨트가 돌아가며 명태가 미친 듯이 쏟아져 나오기 시작했다.

위이이이잉!

아낙들은 그런 명태를 전혀 힘들이지 않고 갈라서 내장을 제거하여 따로 통에 담았다.

촤락, 턱!

그에 반해 카미엘은 명태 한 마리의 배를 따는 데에도 한세월이 걸렸다.

서걱, 서걱.

명태의 항문으로 칼을 집어넣어 배를 가른 후 내장을 빼내고 물로 깨끗이 세척까지 해야 하는데, 일머리를 모르면 한 마리 잡는 데 5분도 넘게 걸렸다.

더군다나 내장이 터지면 고니나 명란을 취하기 불가능해서 아무렇게나 막 칼질을 할 수도 없었다.

'젠장, 세상에 쉬운 일이 하나도 없군.'

어병하게 앉아서 칼질을 하던 카미엘에게 부녀회장의 불호령이 떨어졌다.

"거기, 쌍둥이 아빠!"

"예, 예?!"

"자기 때문에 지금 뒷사람 작업이 처지는 거 안 보여?! 정신 못 차려요?!"

"죄, 죄송합니다!"

"자꾸 이러면 시급이 깎이는 수가 있어요!"

"여, 열심히 하겠습니다!"

평생 검을 잡아온 영검사 카미엘이지만 이렇게 쪼그려 앉아 생선 배를 따는 일은 처음이었다.

더군다나 부녀회장이 입김 한번 잘못 불면 카미엘은 쌍둥이를 데리고 난민 캠프로 떠나야 한다.

그러니 더러워도 꾹 참고 일에 매달리는 수밖에 없었다.

그는 서툴지만 최선을 다해 일에 매진하였다.

그날 정오, 꿀 같은 점심시간이 돌아왔다.

카미엘은 기진맥진하여 점심시간에 수저 들 힘도 남아 있지 않았다.

"…젠장, 300년의 수련이 헛되구나."

그는 진즉에 생로병사를 초월하였다.

그러나 생로병사를 초월해도 요령 없이 명태의 배를 따는 일은 결코 쉽지가 않았다.

떨리는 손으로 밥을 먹고 있는 카미엘에게 부녀회장이 다가왔다.

"쌍둥이 아빠, 힘들지?"

"아닙니다. 이 세상에 안 힘든 일이 어디 있겠습니까?"

"쯧, 사지 멀쩡한데 이게 무슨 고생이누? 기억을 잃어서 참 안되었어."

"괜찮습니다."

그녀는 카미엘에게 도미 살로 만든 생선전을 건네주었다.

"좀 먹어요. 맛이 꽤 괜찮을 거야."

"고맙습니다."

"그나저나 아이들은 어떻게 했어?"

"공동 보육 시설에서 하루에 2만 원 받고 둘을 봐준다고 해서 맡겼습니다."

"하루에 2만 원이나 내고 살 수 있겠어? 여기 3개월 수습 기간엔 시급이 4천 원인데."

"어쩔 수 없지요. 분유값이라도 벌자면."

"쯧쯧, 처지가 참 딱하구먼."

생각 같아선 그냥 다시 포탈을 타고 돌아가고 싶었지만, 이 곳의 생활에 적응하여 아이를 키우는 것이 여러모로 좋을 것 같아서 꾹 참아보는 카미엘이다.

그나마 다행인 것은 이곳 아낙들의 인심이 좋아서 일을 못 한다고 타박은 할지언정 야박하게 굴지는 않는다는 것이다.

땡땡!

"점심시간이 끝났네. 이따가 내 옆으로 와서 일해요. 내가 배 따는 법을 제대로 알려줄게."

"고맙습니다."

카미엘은 부녀회장을 따라서 작업장으로 향했다.

저녁 6시, 작업이 모두 끝나고 일당이 지급되었다.

부녀회장은 가장 먼저 카미엘에게 4만 원을 현금으로 지급 해 주었다.

"자, 쌍둥이 아빠. 이것 가지고 아이들을 데리러 가요."

"감사합니다!"

지금까지 300년을 넘게 살면서 이렇게 노동을 해서 돈을 벌어본 적이 있는가?

카미엘은 감회가 새로웠다.

돈을 받아 걸어서 30분 거리에 있는 공동 보육 시설까지 가는 카미엘의 발걸음이 참으로 가벼웠다.

"이런 뿌듯함이 있을 줄이야."

300년을 살아온 카미엘에게 하루는 찰나의 순간이지만 오늘은 태어나 가장 특별한 경험을 한 셈이다.

묵묵히 겨울 바닷가를 걸어 정상동에 있는 공동 보육 시설에 도착한 카미엘은 아공간에서 보육 캡슐을 소환했다.

"소환!"

스스스스!

팟!

마나서클이 깨져서 소환할 수 있는 것이 영혼 통제기와 에고소드를 빼면 몇 가지 되지 않지만 그래도 생활에 부족함은 없었다.

카미엘은 공동 보육 시설의 문을 두드렸다.

쿵쿵쿵!

"쌍둥이 데리러 왔습니다!"

"네, 잠시만요!"

잠시 후, 보육 교사 정아름이 두 남매를 데리고 나왔다.

그녀는 165㎝쯤 되는 키에 아주 단아한 외모를 가진 한국형 미인이었다.

수더분한 말투에 정갈한 행동까지, 그녀는 벌써 동네 남자들의 가슴에 불을 지핀 일등 신붓감이었다.

카미엘은 그녀에게서 아델, 아린을 받아 들었다.

"하버버!"

"이 녀석들, 잘 있었지?"

"꺄아!"

아델과 아린이 카미엘을 보자마자 얼굴을 잡아당기고 꺄르르 웃는 등 반가움을 표시했다.

"아이들이 할아버지를 참 좋아하네요."

"그런가요?"

아직까지 카미엘이 이 아이들의 할아버지라는 사실을 믿어주는 사람은 한 명밖에 없었다.

정아름은 카미엘이 두 남매의 할아버지라는 것을 진심으로 믿어주고 있었던 것이다.

"아델, 아린이 할아버지는 식사하셨나요?"

"아니요. 집에 가서 좀 씻고 아이들 목욕시키고 먹을 겁니다."

"그럼 제가 도시락을 좀 드릴까요?"

"도시락?"

그녀는 국가에서 나오는 사랑의 도시락과 자신이 직접 싼 김밥 두 줄을 건네주었다.

"혼자서 아이를 키우기 힘드실 텐데 든든히 드셔야지요."

"고맙습니다. 이 은혜를 어떻게 갚을지……."

"은혜라니요. 이젠 같은 지역 주민인데요."

삼척은 원래 사람들이 퉁명스럽기로 유명해서 아는 사람들이 아니면 좀처럼 친절하지 않지만 한 번 친해지면 꽤 깊은 맛이 있었다.

카미엘은 부녀회장에 이어서 정아름에게도 고마움을 느꼈다.

'언젠가는 보답해야지.'

빚을 지곤 못 사는 성격이니 언젠가는 반드시 답례를 해야겠다고 생각하는 카미엘이다.

*　　　*　　　*

늦은 밤, 카미엘이 혼자서 손에 파스를 붙이고 있다.

터억!

"차가워."

그는 아이들을 재워놓고 깊은 생각에 빠져들었다.

할복장에서 하루 종일 일해서 4만 원, 이 돈으로 아이들 보육비를 내고 나면 남는 것이 없었다.

카미엘은 뭔가 새로운 방법을 찾아야 했다.

가만히 생각에 잠겨 있던 카미엘은 불현듯 자신의 팔뚝을 바라보았다.

그곳에는 여전히 영혼 통제기가 자리 잡고 있었다.

순간, 그의 뇌리에 번뜩이는 섬광 하나가 스치고 지나갔다.

"…바보인가?! 내가 왜 이 생각을 못 했지?!"

그는 영혼 통제기에 잠들어 있는 발록을 깨웠다.

스스스스!

카미엘의 마나가 통제기로 들어가자 동면에 들어가 있던 놈이 깨어났다.

—…더럽게 오랜만에 깨우는군.

"이곳은 지구니까."

그는 주변의 영혼들을 끌어모으는 영혼 수집기의 작동을 지시하였다.

"억제기에 영혼들을 수집할 것이다. 준비해."

—지금 당장?

"그래."

—하지만 지금 네 그 아작 난 심장으론 아주 비리비리한 영혼밖에 가두지 못할 텐데?

"상관없어."

―뭐, 그렇다면 한번 해보지.

발록은 카미엘의 마나를 매개체로 하여 영혼 수집기를 작동시켰다.

위이이이잉!

영혼 수집기는 주변을 부유하고 있는 영혼을 끌어모아 억제기에 잠시 머물도록 하는 기능을 한다.

이 역시 발록의 신체 일부로 만들어졌기 때문에 공급되는 마력만 강력하다면 엄청난 영기를 가진 영혼이 수집된다.

하지만 지금은 그 공급력이 약해서 주변의 무덤에 잠들어 있던 영혼이나 여염집 아낙들이 수집되었다.

끼이이이잉!

총 150위의 영혼이 억제기 안에 들어왔는데, 이렇다 할 이력을 가진 사람은 거의 없었다.

바다에 빠져 죽은 어부를 시작으로 실족사 한 취객, 평생 수절하다 죽은 과부, 길에서 객사한 거지 등 지극히 평범한 사람들이 우글거리고 있었다.

―웅성웅성.

카미엘은 그중에서 단 한 명을 선별하였다.

"혹시 이 중에서 할복장 일을 해본 사람 있어요?"

할복장이라는 소리에 한 영혼이 대답해 왔다.

―…한 50년쯤 일했지.

"그럼 할복하는 기술이 남다르겠네요?"

―당연하지. 젊어서는 낮에 어시장 좌판 횟집을 열고 밤에는 할복장 일을 했으니까. 손기술이 좋지.

"아아, 그렇군요!"

카미엘은 남은 영혼들을 모두 내보내고 70세가량 되는 노파만 남겨두었다.

이제 그녀는 억제기 속 영혼석에 빙의하여 카미엘이 새로운 영혼을 들일 때까지 이곳에 있을 것이다.

무려 케이시스 대신에 들어온 그녀이지만 카미엘에겐 천군만마를 얻은 느낌이다.

"그럼 제가 당신의 손기술을 좀 빌릴게요. 동의하시죠?"

―물고기 배를 따는 것을 빌린다고?

"예, 그래요."

―참 이상한 청년이네. 그것으로 뭘 어쩌게?

카미엘은 그녀에게 자초지종을 설명하였다.

영혼 억제기에 담긴 영혼의 특수 능력을 공유하자면 해당 영혼과의 정신 통일 수치가 높아야 하기 때문에 카미엘은 노파에게서 공감을 얻어내려 한 것이다.

그녀는 카미엘의 자초지종을 듣곤 흔쾌히 승낙하였다.

―혼자서 아이 둘을 키우다니, 대단한 사람이구먼.

"그래도 손자인데 당연히 해야죠."

―…그래, 우리 손녀도 이젠 시집을 가서 잘 살고 있을 텐
데. 소식이나 좀 알았으면 좋겠구먼.

"제가 시간 날 때 한번 찾아볼게요."

―고마우이.

이제 적어도 할복장에서 구박받는 일은 없을 것이다.

*   *   *

할복장에서 일한 지 일주일째, 이제 카미엘은 이곳에서 가
장 손이 빠른 사람으로 통하게 되었다.

촤락, 턱!

단 한 번에 배를 가르고 그 안에서 내장을 빼내 물에 씻는
동작까지 단 3초 만에 끝났다.

할복장 인부들은 카미엘의 손놀림에 그저 감탄할 수밖에
없었다.

"어머나, 무슨 청년이 저렇게 손이 야무질까?"

"마치 4년 전에 돌아가신 정금자 할머니가 생각나네. 그분
이 그렇게 생선을 잘 만지셨잖아?"

"아아, 그렇지. 그래서 금자네 좌판이 아주 문전성시를 이뤘
지, 아마?"

카미엘의 사부인 정금자는 생각보다 이 지역에서 유명한 사

람이었다.

횟집으로 돈을 벌어 강릉, 동해 지역의 알토란 땅은 전부 사들여 땅 부자라는 소리도 듣고 있었다.

하지만 그런 그녀는 치매에 걸려 집에서 요양 생활을 하다가 투병 3년 만에 세상을 떠나고 말았다.

그 이후로 그 집안이 어떻게 되었는지는 몰라도 자식들이 지금 잘사는 처지는 아니라는 것만은 확실했다.

"그나저나 금자 할머니 재산이 꽤 되던데, 그 손녀는 지금 공사장에서 청소를 하고 다닌다면서? 폐도 안 좋은 처자가 말 야."

"그러게 말이야. 무슨 일이 있는 건가?"

카미엘은 물고기 배를 따다 말고 그녀들의 수다에 끼어들었다.

"누님들, 누가 어떻게 되었다고요?"

"아아, 금자 할머니 얘기야. 그 할머니 재산이 수십억대였는데 다 어디로 가고 손녀가 노가다를 뛰고 있다지 뭐야?"

"으음, 그래요?"

"그런데 그건 왜?"

"그냥 심심해서요. 물고기 배만 따는 것은 좀 지루하잖아요?"

"그렇다고 아줌마들 얘기하는데 끼어들어도 괜찮아?"

"재미있잖아요. 난 누님들 얘기하는 것 들으면 좋은데?"

"호호호! 하여간 이 청년은 붙임성도 좋아요!"

300년을 살아온 카미엘이니만큼 수를 셀 수 없을 정도로 많은 여자들을 만나보았다.

그런 그에게 동네 아낙들과 친해지는 것쯤은 식은 죽 먹기였다.

"아무튼 참 안되었어. 남편도 도망가고 혼자서 아이를 키우고 있다는 것 같던데."

"왜 그러지? 이유는 몰라요?"

"나도 잘 몰라. 그냥 소문에 의한 거라서 말이야."

그녀의 얘기를 듣고 나니 어쩐지 입맛이 씁쓸해지는 카미엘이다.

그날 밤, 카미엘이 24시 횟집에서 칼을 잡고 있었다.

슥슥슥.

정금자 할머니의 회 뜨는 솜씨는 아직까지 삼척에서 먹어주는 기술이었기 때문에 횟집 사장은 그의 칼질 몇 번에 반하여 당장 밤 타임 주방 보조로 취직시켜 주었다.

저녁 8시부터 새벽 3시까지 일하는 카미엘은 그날의 성과에 따라서 많게는 시간당 1만 5천 원, 적게는 8천 원까지 받았다.

하루 종일 일을 하면 좋겠지만 이미 낮 타임엔 경력이 쟁쟁

한 주방장이 제자까지 끼고 있어서 들어가기가 쉽지 않았다.

대신 밤에는 사장이 주방장을 겸하고 있기 때문에 카미엘에겐 이보다 더 좋은 자리는 없었다.

"둥이야, 여기 모둠 한 접시!"

"예, 사장님!"

카미엘은 이곳에서 쌍둥이 아빠를 줄인 '둥이'로 통했다.

그는 모둠회에 필요한 물고기들을 수족관에서 잡아다가 도마 위에 올려놓았다.

파다다다닥!

카미엘은 그런 물고기의 미간에 침을 놓았다.

푸욱.

이것은 정금자가 경험에 의해 터득한 방법인데, 물고기의 사혈을 찔러서 기절시킨 후 회를 뜨는 것이다.

이렇게 되면 회의 질감이 아주 쫄깃쫄깃하고 특히나 고등어와 같이 성질이 급한 녀석들에겐 아주 제격이었다.

슥슥슥, 탁탁탁!

능숙하게 내장을 꺼내고 비늘을 벗긴 후 가시까지 발라낸 카미엘은 단 5분 만에 모둠회 한 접시를 완성하였다.

"모둠회요!"

"어이쿠, 빠르다! 이야, 둥이 보너스 팍팍 줘야겠는데?"

"감사합니다!"

카미엘이 회를 접시에 담아 서빙 담당에게 넘겨주었는데, 그녀가 간장 종지에 담뱃재를 떨어뜨렸다.

투욱.

순간, 카미엘이 화들짝 놀라서 물었다.

"왜, 왜 그래요?! 사람 죽는 꼴 보고 싶어요?!"

"…저놈들은 그냥 주면 안 돼. 이따가 잡어매운탕 끓일 때도 가래침을 뱉을 거야."

카미엘은 일단 간장 종지를 바꾸어놓았다.

"누님, 왜 그러는지 몰라도 일단 이것을 가져다주세요. 잘못하면 가게 망한다고요."

"쳇, 알겠어."

잠시 후, 서빙을 마치고 온 중년 여성 최미자가 카미엘에게 사정을 설명하였다.

"저 사람들 말이야, 우리 동네 미숙이네 재산 홀라당 벗겨 먹고 호의호식하는 거야."

"그게 무슨 말입니까?"

"금자 할머니라고, 미숙이네 할머니가 원래 남기시려 한 재산이 꽤 많아. 그런데 저것들이 치매 걸린 틈을 타서 할머니에게 몹쓸 짓을 한 거지. 듣기론 할머니를 간병하는 동안 매일 두들겨 패서 억지로 등기 이전 서류에 도장을 찍도록 했다고 하던데?"

"…쓰레기인데?"

"아무튼 저 건달 놈, 저놈이 주동자야."

카미엘은 팔뚝에 호랑이 문신이 있는 뚱뚱한 남자를 바라보았다.

그는 양옆에 아리따운 여자를 끼고 술을 퍼마시고 있었는데, 척 보기에도 인상이 그리 좋아보이지 않았다.

'흐음, 저놈이 바로 정금자 할머니의 돈을 가로챈 그놈이군.'

어지간하면 남의 일에 참견하고 싶지 않았지만 영혼의 덕을 봤으니 언젠가는 그 빚을 반드시 갚아야 직성이 풀리는 카미엘이다.

'조만간 기회를 한번 만들어야겠어.'

그는 놈의 얼굴과 문신을 똑똑히 뇌리에 새겼다.

*   *   *

늦은 밤, 정라항에 한차례 진동이 일어났다.

쿵, 쿵, 쿵!

그 진동은 아주 산발적이고 불규칙적으로 일어났다.

이것은 마치 누군가 땅 아래에서 묵직한 쇠구슬로 지면을 두들기는 것 같은 느낌이었다.

그러나 잠시 후, 진동이 멈추었다.

대신 진동이 일어난 곳 바로 아래에서 구멍이 여러 개 올라왔다.

파바바밧!

그곳에서 올라온 것은 놀랍게도 소라게 형태의 몬스터 크러스트시안이었다.

크러스트시안은 사람을 주식으로 삼으며 딱딱한 껍질과 거대한 집게발을 가진 다소 위협적인 몬스터였다.

만약 크러스트시안이 열 마리 이상 출몰하게 되면 주변에 주둔하고 있던 사단에서 포병 병력을 동원하여 타격해야 한다.

그런데 구멍에서 올라온 것들은 크러스트시안뿐만이 아니었다.

이무기의 머리에 거북이의 몸통, 악어의 다리와 꼬리를 가진 터틀 드래곤도 대거 구멍을 통해 올라온 것이다.

지금 이곳에 있는 크러스트시안과 터틀 드래곤의 숫자는 총 40마리. 이 정도 규모라면 필시 포병 병력이 출동해야 할 것이다.

놈들은 연안에 있는 얕은 바다로 잠수하여 몸을 숨기는가 하면, 일부는 할복장 안으로 들어갔다.

만약 이대로 아침이 밝아 상인들과 관광객들이 몰려온다면 이 일대는 피바다로 변할 것이 분명했다.

그러나 아직 놈들의 상륙에 대해 아는 사람이 전혀 없었고, 방범용 CCTV 역시 사각지대에 놓여 있었다.

크르르릉!

놈들은 아주 여유만만하게 각자의 자리에 엉덩이를 붙이고 사람들을 사냥할 준비에 들어갔다.

한편, 41보병사단은 지하 동굴의 폐쇄보다는 안전성 정밀 검사에 대한 구멍을 찾아내고 있는 중이다.

41보병사단장을 비롯한 사단의 수뇌부 다섯 명은 무려 50억이라는 돈을 횡령하였다.

각각 10억씩 돈을 나누어 가지고 나니 그 후환이 두려운 것이다.

"…만약 일이 터지면 누가 총대를 메야 하지 않겠나?"

사단장 장수필 소장의 말에 네 명의 연대장이 급격히 어두워진 낯빛을 했다.

장수필은 네 명의 대령을 바라보며 나지막이 말했다.

"그래, 다 같이 먹었는데 혼자 죽기는 억울하겠지. 하지만 말이야, 내가 죽으면 자네들 출세 가도도 전부 다 막힌다는 것을 알아야 해. 잘 알지 않나? 사단장이 총대를 메면 다 죽는다는 것을."

"……."

그의 의견에 네 명의 연대장도 다 같이 공감하였다.

"뭐, 그건 그렇지만……."

"사단장님, 그럼 이렇게 하시죠."

포병연대장 김석출에게 모든 사람의 시선이 몰렸다.

그는 아주 간단한 룰을 제시하였다.

"이 중에서 가정 형편이 가장 나은 사람이 총대를 메기로 말입니다."

"가정 형편이 좋다?"

"군에서 제대하면 앞길이 막막한 사람들이 있지 않습니까? 그런 사람들을 빼고 후보를 정하시죠."

"아아, 그럼 그럴까?"

포병연대장의 말에 사단장이 동의하니 다른 사람들도 어쩔 수 없이 따랐다.

장수필이 네 명의 대령에게 물었다.

"자, 그럼 문제점이 있는 사람은 그 이유와 함께 발언하게. 먼저 901연대장."

"예, 사단장님. 저희 집안에는 아버지 심장 부전, 어머니 간 부전, 아내는 난소암을 앓고 있습니다."

"아아, 참 힘들겠군."

"예."

901연대장의 형편이 매우 어렵다는 것은 모두가 다 아는 사실이었다.

그는 다음 902연대장으로 바통을 넘겼다.

"그럼 최소환 대령은?"

"저희 집은 아들이 골수암에 딸은 혈액 희귀병입니다. 한 달에 병원비만 300만 원이 넘게 들어갑니다."

"자네도 만만치가 않군."

이제 남은 것은 904연대장 이충일이다.

"자네 집안은……."

"희귀병이나 난치병은 없지만 아들이 보증을 서서……."

그가 입을 열자마자 나머지 동료들이 버럭 화부터 냈다.

"그렇게 치면 우리 집안 장녀는 사위가 도박 빚지고 떠돌아다녀서 밥 먹고 살기도 힘들어!"

"우리 집은 큰누나가 가산 다 말아먹고 100억대 빚을 지는 바람에 아주 풍비박산이야!"

"우리 집은 마누라가……."

이충일은 자신이 먼저 발언해야 했다고 속으로 크게 뉘우쳤다.

'젠장, 이럴 줄 알았으면 선수를 치는 건데!'

이제 판은 이충일 대령이 단독 범행을 자백하는 것으로 결판이 났다.

"이충일 대령, 자네가 전역하면 우리가 연금은 제대로 보장해 주겠네. 그 이후에 공기업 자리도 알아봐 주고."

"……."

"하하, 이 대령이 독박을 써주는데 우리가 가만히 있을 수 있나? 오늘 서울에서 거나하게 한잔하지! 내가 아주 최고급 요정에서 풀코스로 돌려줄게!"

이충일은 떨떠름한 표정이었지만 10억이나 되는 돈을 챙겨 두었으니 후회는 없었다.

"…니미럴, 그럼 어쩔 수 없지. 술이나 왕창 퍼마셔야지."

"그래, 좋은 쪽으로 생각해! 이 대령, 오늘은 위아래로 두 번 해! 돈은 내가 낸다!"

"후우, 가시죠."

다섯 명의 수뇌부는 포병연대장의 차를 타고 서울 강남 유흥가로 향했다.

*　　　　*　　　　*

강원도 원주의 한 포장마차에 호암그룹의 회장 신유호와 삼척시의회 의장 석명환이 함께 앉아 있다.

신유호는 강원도 바닷가의 특산물인 홍합과 홍게 등을 직접 쪄서 석명환을 대접하고 있는 중이다.

"제물로 끓인 것이라서 제법 맛이 날 겁니다."

"이런, 회장님께서 직접 냄비를 잡았다니, 어디 아까워서 먹겠습니까?"

"그런 말씀 마십시오. 삼척시의회의 총수가 제 요리를 드셔주는 것만으로도 영광입니다."

"하하, 회장님도 참."

두 사람은 정겹게 얘기를 나누면서 최고급 소곡주로 서로의 잔을 채웠다.

쪼르르르.

달곰쌉쌀한 소곡주의 향이 퍼지면서 황홀한 정취가 묻어났다.

"역시 명품은 뭐가 달라도 다르군요."

"명주 중의 명주입니다. 향부터가 아주 일품이지 않습니까?"

"그러게 말입니다."

두 사람은 신유호의 사유재산인 포장마차에서 한잔 제대로 걸치기로 했다.

"건배하시죠."

"무엇을 위해 건배할까요?"

"성공적인 기금 조성을 위하여 하시죠."

"하하, 좋습니다."

"자, 그럼 성공적인 기금 조성을 위하여 건배!"

팅!

잔을 부딪친 두 사람은 미리 발라놓은 홍게 살을 뜯어 먹으며 본론으로 들어갔다.

"작업은 어떻게 되었습니까?"

"완벽합니다. 그놈들이 미끼를 물었습니까?"

"뭐, 그놈들이야 돈 몇 억 찔러주면 좋다고 난리를 치는 놈들 아닙니까? 제대로 구워삶아 놓았으니 안심해도 됩니다."

"하하, 역시 의장님의 수완은 알아주어야 한다니까요."

"이런 일에 피 묻혀가면서 돌아다니면 말년에 힘듭니다. 이제 회장님도 이런 대타 한 명쯤은 구해두시는 것이 어떠신지요?"

"대타라……."

"폭탄을 스스로 끌어안는 것은 옳지 않아요. 이제는 일선에서 일하는 것은 자제하고 그림자 한 명쯤 심어두는 것이 좋을 겁니다."

"의장님 말씀, 유의하겠습니다."

"그나저나 한청명의 제안을 받아들이기로 한 이상, 그놈을 보내 버려야 하는 것 아닙니까?"

"안 그래도 그럴 겁니다. 이번 일이 잘 끝나면 놈은 감옥으로 갈 겁니다. 물론 이번 일이 잘못되어도 감옥으로 가겠지요."

신유호는 실소를 흘렸다.

"후후, 천하의 시의원이라는 사람이 그렇게 조심성이 없어서야……."

"그런 사람이기 때문에 여기까지 올 수 있었던 겁니다. 놈은 운이 좋기도 하지만 배짱이 좋아요. 그와 동시에 사리 분별이 더뎌요. 그래서 덫에 더욱 잘 걸려드는 겁니다."

"그래요. 그렇겠군요."

두 사람이 포장마차에서 한창 술을 마시고 있는데, 검은 양복을 입은 사내가 한 명 들어왔다.

"저, 회장님, 드릴 말씀이……."

"뭔가?"

"지금 작전이 한창 진행 중에 있는데, 성씨 일가의 영애가 그곳에 모습을 드러냈다고 합니다."

"…뭐? 현장에?"

"예, 그렇습니다."

순간, 두 사람은 서로의 얼굴을 동시에 쳐다보았다.

"괜찮을까요? 분명 죽을 텐데요."

"뭐, 별수 있습니까? 그렇게 죽어도 하는 수 없지요. 인명재천이라고 하지 않습니까?"

"하긴."

사내가 고개를 숙인 채로 물었다.

"계속 진행을 할까요?"

"계속하시게."

"예, 알겠습니다."

두 사람이 다시 술잔을 부딪치는데, 신유호가 물었다.

"그런데 나중에 성가가 대권을 잡자면 그 여자의 지분이 꼭 필요할 텐데요?"

"뭐, 그건 그때 가서 생각합시다."

"하하, 그럴까요?"

"그런 의미에서 건배!"

"건배!"

오로지 두 사람만의 술자리가 점점 더 익어가기 시작했다.

제3장

전업 수렵꾼

이른 새벽, 카미엘이 퇴근 준비를 서두르고 있다.

"사장님, 저 먼저 들어갑니다!"

"지금 가는 건가?"

"일찍 가야지요. 아이들이 기다리니까요."

"하여간 성실한 청년이군."

횟집 사장은 카미엘에게 흰색 봉투를 건넸다.

"아까 손님들이 팁을 주었다고 하더군. 팁까지 해서 일당에 포함시켰어."

"감사합니다!"

"아 참, 그리고 이거 집에 가서 먹고 자. 몸이 재산이니 잘 먹어야지."

그는 카미엘에게 새우튀김과 생선살 볶음 등 가게에서 오늘 만들었다가 남은 음식을 싸주었다.

카미엘은 꾸벅 고개를 숙였다.

"잘 먹겠습니다!"

"그래, 그래!"

그는 무슨 일이 있을 때마다 항상 인사를 하는 버릇을 들였는데, 한국에서 인사를 잘해서 손해 볼 것이 없다는 것을 깨달았기 때문이다.

300년을 넘게 산 카미엘이 누군가에게 고개를 숙인다는 것은 그리 쉬운 일이 아니었다.

하지만 로마에 왔으면 로마의 법을 따라야 하는 법, 카미엘은 한국에서 적응하기 위해 자신의 나이를 잊었다.

이제는 아주 성실한 청년이 된 카미엘은 쌍둥이가 기다리고 있을 보육원으로 향했다.

그는 횟집에서 나오자마자 시계를 바라보았다.

"이크, 벌써 시간이 이렇게 되었네?"

오늘은 손님이 너무 많아서 일의 마무리가 늦어졌다.

아마 지금쯤이면 잠에 빠져 있겠지만 그래도 새벽 네 시면 꼭 일어나 우유를 먹고 자니 타이밍이 안 맞으면 아이들이 잠을 못 잘 수도 있었다.

그는 마음이 급해졌다.

카미엘은 백팩에 남은 음식을 넣고 잽싸게 달리기 시작했다.

타다다다닷!

원래 카미엘은 100미터를 2초 만에 주파할 수 있는 신체 능력을 가졌지만 심장이 일그러졌다가 이제 막 돌아오는 터라 그렇게까지 빠르게 달릴 수는 없었다.

하지만 그의 절반만 된다고 해도 국가대표로 금메달을 딸수 있는 정도이다.

쉬이이이익!

"급하다, 급해!"

눈썹이 휘날리게 뛰어가면 아마 시간 내로 도착할 수도 있을 것 같았다.

그러나 열심히 뛰던 그의 발목을 붙잡는 소리가 들려왔다.

"…사, 사람 살려!"

"……!"

카미엘은 비명 소리가 들리는 곳으로 고개를 돌렸다.

비명이 들려온 곳은 할복장 인근 방파제 돌담길로 보였다.

매일 아침마다 카미엘이 출근 도장을 찍는 곳에서 비명이 들리니 그냥 지나칠 수가 없었다.

그는 가던 길을 멈추고 그 여자를 도와주기로 했다.

카미엘은 일단 핸드폰부터 꺼내 들었다.

얼마 전에 오래된 폴더형 핸드폰을 선물로 받은 카미엘은 간신히 전화만 걸리는 이 물건을 항상 휴대하고 다녔다.

그는 범죄 현장과 그 상황을 경찰에 알려주고 집으로 돌아가려 했다.

하지만 그는 핸드폰을 접고 말았다.

크르르르르릉!

"크러스트시안?"

놀랍게도 방파제 아래에 있는 공원에선 20마리가 넘는 크러스트시안이 한 여자에게로 천천히 몰려들고 있었다.

카미엘은 지금 경찰이 올 때까지 기다렸다간 저 여자가 죽겠다 싶었다.

"…애들이 기다리는데, 쩝, 어쩔 수 없지."

아무리 심장이 일그러졌어도 크러스트시안 한 무리쯤 요리하는 것은 그에겐 일도 아니었다.

그는 에고소드를 꺼내 들었다.

스릉!

"오랜만에 밥이나 좀 줄까?"

영혼 상태의 발록은 몬스터의 심장과 영혼을 흡수하여 조금씩 강해지는데, 놈이 영혼을 흡수하면 카미엘에게도 마력이 증폭되어 공급된다.

그는 여자에게서 가장 가까운 몬스터부터 해치우기로 했다.

"만월베기!"

은빛 검기가 카미엘의 주변을 물들이더니 원을 그리면서 크러스트시안을 단 일격에 갈라 버렸다.

서걱!

푸하아아아악!

발록은 몬스터의 시신을 베어냄과 동시에 심장과 영혼을 흡수하였다.

슈가가가가각!

뚜두두둑!

심장과 영혼이 흡수되면서 크러스트시안의 몸통이 가루가 되어 공중으로 흩날렸다.

발록은 몬스터의 영혼과 심장뿐 아니라 진기까지 빨아들여 놈을 흔적도 없이 죽여 버렸다.

—…신선한 피! 얼마 만에 마셔보는 것인가!

"아주 신이 나셨군."

크러스트시안은 걸어 다니는 속도가 느려서 가까이에 있는 적만 먼저 처치하고 나면 나머지는 조금 여유 있게 해치워도 된다.

카미엘은 그녀에게 또 다른 적은 없는지 물었다.

"이봐요, 괜찮습니까? 다른 곳엔 몬스터가 없어요?"

"드, 등대하고 할복장에……."

"숫자가 얼마나 되지요?"

"그거까진 잘 몰라요."

카미엘은 잠깐 그녀의 외형을 살폈다.

검은색 긴 생머리에 키가 큰 그녀이지만 워낙 피부색이 하얗고 몸에 살이 없어서 툭 치면 쓰러질 것 같이 생겼다.

아마도 그녀는 몸이 약해서 지금 도망을 치라고 해도 제대로 달리지도 못할 것 같았다.

"뛰는 것 잘해요?"

"아니요."

"그럼 그냥 여기에 있어요. 금방 끝납니다."

"네……."

카미엘은 영혼 통제기 바깥에 달려 있는 파란색 게이지를 확인하였다.

1.1%

"그냥 내 마력으로 놈들을 쓸어버리는 편이 빠르겠는데?"

—일반인의 영혼에서 뭘 바라나? 그러게 내가 엉뚱한 녀석은 불러들이지 말라고 했잖아.

통제기에 나와 있는 파란색 게이지는 영혼 억제기 안의 영혼이 얼마나 강력한 영기를 방출할 수 있는지를 체크하는 기계이다.

그녀는 하위 1.1%에 해당하는 영기를 가졌음으로 전투에 그녀의 힘을 동원하기엔 힘들 것 같았다.

카미엘은 발록이 흡수한 진기를 마나로 전환시켜 마나서클을 미약하게나마 회복시켰다.

끼이이잉!

그러자 카미엘의 아공간이 꿈틀거리며 반응하였다.

"이 정도면 킬러비 정도는 소환할 수 있겠어."

—뭐, 그 정도면 크러스트시안쯤은 그냥 눈감고도 회 뜰 수 있지 않나?

"당연하지."

킬러비는 자연 상태의 마력을 탄환으로 사용하는 자동 사격 장치이다.

단발, 다발, 마력 화염방사기, 유탄 등을 자유자재로 발사하는 킬러비는 중앙 통제장치인 '여왕벌'이 총 55개의 개체를 지휘하게 된다.

여왕벌은 카미엘과 직접적으로 연결되어 그가 원하는 대로 개체들을 움직인다.

"킬러비!"

스스스스스!

챙!

55개의 푸른색 구체가 네모난 기계 형태의 여왕벌 주변을 빙글빙글 돌며 모습을 드러냈다.

끼릭, 끼릭.

여왕벌 안에 내장되어 있던 영혼 공명 장치가 작동하여 카미엘과 접속하였다.

"가자!"

철컥, 철컥!

카미엘이 공격을 명령하자, 여왕벌이 킬러비들을 합체시켜 두 개의 팔로 변환시켰다.

그 팔은 카미엘 주변을 둥둥 떠다니면서 그에게 가장 가까운 적을 마력탄으로 사격하였다.

퉁, 퉁, 퉁!

콰앙!

단 일격에 크러스트시안의 단단한 껍질이 깨져 사방으로 녹색 장기들이 튀어나왔다.

카미엘은 녀석의 호위를 받으며 영검술을 펼쳤다.

"보이드 쇼크!"

그의 검에서 뻗어 나온 검은색 이기가 몬스터를 스치면서 검이 닿은 부분이 분해되어 무의 상태로 되돌아갔다.

서격!

단 일격에 머리를 없애 버린 카미엘의 팔을 타고 몬스터의 시신이 흡수되어 들어왔다.

뚜두두두두둑!

"으허……!"

순간, 머리가 맑아지며 몸에 힘이 차오르는 것 같았다.

"그래, 이 느낌이지."

몬스터를 흡수하는 것이 비단 발록에게만 희열을 주는 것은 아니었다.

카미엘은 몬스터를 흡수하면서 극도의 쾌감을 느끼고 있었다.

"조금 더 잡아먹어 볼까?"

─호호, 오늘 아주 포식을 하겠군!

그는 계속해서 몬스터를 베어나갔다.

*　　　　*　　　　*

검무, 성혜민의 눈에 보이는 저 남자의 모습이 딱 그러했다.

"사람이… 아닌가?"

지금까지 그녀가 보아온 그 어떤 남자보다 빠르고 강했으며 스마트하기까지 했다.

그녀는 도대체 이런 남자가 세상에 어디 있나 싶었다.

핑핑, 콰앙!

서걱!

사방에 총을 쏴대며 검을 휘두르는 그의 모습에서 광채가
나는 것 같은 착각이 드는 그녀이다.

하지만 사실 몬스터의 녹색 피를 뒤집어쓴 그의 모습은 멋
과는 다소 거리가 멀었다.

그렇지만 자신을 구해준 사람이 저렇게 신들린 듯이 싸우
고 다니니 그 모습이 멋있을 수밖에 없었다.

그는 해안가 공원에 있던 몬스터 20마리를 해치우더니 이
제는 등대 아래에 숨어 있는 터틀 드래곤을 베어나갔다.

뚜두두둑!

스스스!

그런데 좀 이상한 점은 그가 터틀 드래곤을 베어낼 때마다
그 시신이 감쪽같이 사라진다는 것이다.

그러나 그런 자잘한 것 따위야 그녀의 눈에 들어올 리가 없
었다.

"…하늘에서 내려온 사람이 분명해. 그렇지 않고서야 저렇
게 종횡무진 검을 쓸 수 있나?"

귀한 집 딸로 태어나 지금까지 바깥 구경 한 번 제대로 해
보지 못한 성혜민으로선 그의 행동이 가히 신과 같이 느껴졌
다.

잠시 후, 그는 등대 아래에서 네 마리의 터틀 드래곤을 해 치운 후 할복장으로 향했다.

철컹!

할복장은 총 5층으로 된 창고 형태의 공장이기 때문에 아 무리 몬스터라고 해도 쉽게 찾을 수는 없을 터였다.

그는 직접 칼을 대기보다 공중에 둥둥 떠다니는 총을 안으 로 들여보내 숨어 있는 크러스트시안과 터틀 드래곤을 해치 웠다.

핑핑!

콰앙!

남자는 그 뒤를 따라다니면서 주변을 정리하고 순식간에 몬스터들을 해치워 버렸다.

그는 몇 번이고 주변을 확인하더니 다시 문을 닫아버렸다.

철컹!

"…늦었군. 더 늦으면 아이들이 우유 먹을 시간도 없겠는 데?"

이윽고 그는 그녀의 머리 위를 스치듯 날아갔다.

파바바밧!

"……!"

화들짝 놀란 그녀이지만 그에게서 시선을 떼지 못했다.

순간, 그녀의 눈에 그의 팔뚝이 들어왔다.

"…문신."

어디에서부터 이어진 것인지는 몰라도 그의 손등에는 황금색 문신이 자리 잡고 있었다.

TV에서 본 문신은 모두 검은색 아니면 파란색, 빨간색 등이었는데 저 사람은 특이하게도 황금색 문신을 가지고 있었다.

그녀는 감히 그의 얼굴까진 똑바로 쳐다보지 못했고, 오로지 황금색 문신만 머릿속에 똑똑히 새겨두었다.

"언젠가는… 언젠가는 반드시 이 은혜를 갚을게요."

이윽고 그가 사라진 곳으로 한 무리의 사내들이 달려왔다.

"아가씨!"

"아가씨, 어디에 계십니까?! 아가씨!"

그녀는 자신의 경호원들인 사내들에게 손을 흔들었다.

"아저씨, 여기……."

"아이고, 아가씨! 도대체 어디를 가셨습니까?! 저희들 심장 떨어지는 꼴 보고 싶으십니까?!"

"미안해요. 그냥 좀 답답해서……."

"그렇다고 호텔에서 30분이나 떨어진 곳까지 오시면 어떻게 합니까? 아무튼 무사하신 것 같아서 다행입니다."

"그래요……."

"그나저나 이곳에서 무슨 섬광 같은 것이 막 번쩍이던데, 무슨 일입니까?"

그녀는 뭐라고 대답을 해야 할지 몰라 일단 입을 닫았다.

"…피곤하네요."

"예, 알겠습니다. 일단 호텔로 돌아가시죠."

"네."

그들은 혜민을 들쳐 업고 언덕 너머 관광호텔로 돌아갔다.

*   *   *

이른 아침, 삼척경찰서로 수십 건의 민원이 접수되었다.

민원의 내용은 모두 삼척 할복장 인근 방파제 공원에서 총성과 섬광이 번쩍였다는 것이었다.

삼척은 무장공비가 침투한 경력이 있는 곳이기 때문에 8군단뿐만 아니라 1군사령부에서도 상당이 신경을 많이 쓰는 곳이다.

그런 삼척에 총성과 섬광이 관측되었다는 것은 생각보다 훨씬 더 큰일이었다.

1군사령부에서는 이 소식을 듣자마자 조사단 열 명을 파견하였다.

최영식 중장을 필두로 하여 소장 두 명, 대령 여섯 명, 중령 한 명으로 조사단을 구성하였다.

이 사건으로 인하여 예하 부대는 한차례 발칵 뒤집어졌고 경찰서 역시 마찬가지였다.

삼척경찰서 강력계 형사 제1 팀장 박근태 경위는 최영식 중장과 면담을 갖고 있었다.

최영식은 박근태에게서 건네받은 자료를 천천히 읽어 내려가는 중이다.

"흠……."

"보면 아시겠지만, 우리 자료도 꽤 부실합니다. 순찰이 그곳을 커버하긴 합니다만, 그때는 그곳의 순찰 시간이 아니었기 때문이죠."

"네, 저희들도 잘 압니다. 더군다나 그곳은……."

"41사단의 경계 작전지역이지요."

8군단 예하 41보병사단이 삼척을 방어하고 있는데, 그들은 섬광과 총성에 대해선 금시초문이라는 반응이었다.

그 때문에 아무런 자료도 없이 이곳까지 달려온 최영식은 경찰서에 와서야 상황을 파악하였다.

그는 일단 관련자들을 모두 다 처벌하고 필요하다면 사단장의 내사까지 진행할 계획이다.

"사령관님께서 적극적인 협조를 요청하셨습니다. 만약 새로운 사실이 밝혀지면 꼭 좀 연락 주십시오."

"저희들도 국지 도발에 대한 의견이 나오고 있는 만큼 가만히 있지는 않을 겁니다. 그러니 안심하고 부대정비부터 하시지요."

"…알겠습니다."

무장공비를 체포한 경력이 있는데다 중요 작전지역을 두루 가지고 있기 때문에 41사단은 군사령부의 사랑을 듬뿍 받는 부대였다.

그런데 갑자기 이렇게 뒤통수를 치니 최영식 중장으로선 기가 막힐 노릇이었다.

"군기가 아주 제대로 빠져 있군."

"단장님, 지금 당장 부대로 갑니까?"

"물론이다. 귀관들은 군단사령부에 전화해서 헌병대를 소집해. 한바탕 뒤집어엎는 수밖에 없겠어."

"예, 알겠습니다."

만약 이 사건이 무장공비에 대한 것이 아니라고 해도 그들은 처벌을 면치 못하게 될 것이다.

해안선을 따라서 늘어선 소초만 해도 몇 개인데 이 난리 하나 파악하지 못했다는 것은 결코 용납을 할 수 없는 사안이었다.

만에 하나 무장공비의 침투가 맞다면 사태 수습 후 부대 해체까지 고려될지도 모른다.

조사단은 다소 경직된 얼굴로 41사단 사령부로 향했다.

*　　　　*　　　　*

　삼척 정라항 인근 상가와 이사부공원 전방 4km 안에 있는
모든 민가에 경찰이 찾아왔다.

　또한 동해시와 강릉시에서 파견된 전, 의경 병력까지 죄다
동원되어 새천년도로와 봉황산을 이 잡듯이 뒤졌다.

　봉황산 아래 산비탈에는 검문소까지 차려졌다.

　"충성, 잠시 검문이 있겠습니다."

　"예."

　"신분증을 보여주십시오."

　쌍둥이를 앞뒤로 들쳐 멘 카미엘은 두 손을 머리 위로 들
어 올렸다. 그러자 양손을 번쩍 든 카미엘의 소지품 검색이
실시되었다.

　그의 소지품은 할복장에서 입을 옷과 아이들의 분유통, 젖
병 등이었다.

　경찰은 카미엘의 신원을 확인한 후 짐까지 모두 뒤진 후에
야 그를 놓아주었다.

　"실례 많았습니다."

　"아닙니다."

　"그나저나 선생님, 선생님은 이 동네 할복장에서 일하시
죠?"

"네, 그렇습니다."

"밤에는 횟집에서 일하시고요."

"그렇지요."

"혹시 무장공비를 보신 적이 있습니까?"

"아니요, 못 봤습니다."

"으음, 그렇군요. 잘 알겠습니다."

경찰은 카미엘에게 거수경례를 올린 후 다음 사람을 받았다.

"충성! 살펴 가십시오."

"수고하십시오."

카미엘이 경찰을 지나쳐 가는데, 저 멀리서 의경 몇 명이 황급하게 달려오는 모습이 보인다.

"김 경장님!"

"뭔가 좀 찾았나?"

"사건 당일 인근에 세워져 있던 차량의 블랙박스에서 영상이 발견되었답니다!"

"영상?"

"사건 당일의 영상 말입니다!"

순간, 경찰들의 안색이 바뀌었다.

"여, 영상은 분석되었나?"

"영상에는 몬스터들이 방파제를 타고 기어 나온 것이 녹화

되어 있었다고 합니다. 그리고 그 총성은 몬스터들을 사냥하면서 생긴 것이고요."

"허, 허어! 그런데 어째서 군에선 이런 사실을 까마득히 모르고 있던 거지?"

"경계 작전 실패지요. 만약 군부대 대신 몬스터를 정리한 사람이 없었다면 지금쯤 정라진은 초토화가 되었을 겁니다."

경찰들은 카미엘에 대한 얘기를 하고 있었지만 정작 그 주인공은 저만치 멀리 사라져 버린 이후였다.

영상을 확보했으니 이제 경찰 병력은 검문소만 남겨두고 모두 철수하는 것이 옳을 것이다.

―치익, 전 병력에게 알린다. 검문소를 제외한 모든 병력은 후방으로 철수할 수 있도록.

―양호.

경찰들은 삼척경찰서로 모두 철수하였다.

*   *   *

같은 시각, 41사단 사령부에선 한바탕 난리가 나 있었다.

사단장 집무실에 모인 장수필 예하 연대, 대대의 지휘관들이 최영식 중장의 앞에 섰다.

최영식 중장은 장수필 소장에게 물었다.

"사단을 지휘하는 장군으로서 얘기해 보게. 이런 사달이 왜 일어난 것인지 말이야."

"그, 그것은……."

"몬스터가 이사부공원까지 침투하는 것은 얼마든지 있을 수 있는 일이다. 하지만 놈들이 항구 앞까지 진출했음에도 불구하고 이를 알고 대처하는 사람이 없었다는 것이 문제다. 알고 있나?"

"예, 장군!"

"경계 태세가 이렇게 허술해서야 무슨 군대라고 할 수 있겠나?"

최영식은 장수필 소장을 체포하도록 지시하였다.

"헌병."

"예, 장군!"

"지금 당장 장수필 소장을 체포하여 1군사령부로 끌고 가게."

"예, 알겠습니다!"

군단사령부에서 파견된 헌병대가 장수필에게 포승줄을 채웠다.

그는 손발이 묶이는 동안 자신의 부하들에게 무언의 언지를 내렸다.

아주 치밀하게 내린다고 내렸지만 군단 헌병대장을 거친 최영식이 그것을 놓칠 리가 없다.

"어이, 장수필, 지금 뭐 하는 짓인가? 왜 부하들 앞에서 눈알을 굴려? 정말 중앙군부까지 가봐야 정신을 차리겠어?"

"저는 그저 부대를 잘 관리하라는 뜻에서……."

연대장들을 군단사령부에서 심문하려고 하던 최영식은 그들까지 모두 한 줄로 엮어버렸다.

"헌병! 지금 당장 이 네 명도 함께 연행해!"

"예, 알겠습니다!"

"자, 장군! 억울합니다! 저희들은 아무런 잘못이 없습니다!"

"정말 잘못이 없는 사람들은 잘못이 없다고 시인하지 않아. 어차피 무죄가 밝혀질 것을 아니까. 뭔가 켕기는 놈들이 저렇게 고래고래 소리를 지르지."

"……."

"너희들은 당분간 직권 해지다. 하충선 소장."

"예, 장군."

"귀관이 오늘부터 이곳의 임시 사단장이다. 맡아줄 수 있나? 사령관님께는 내가 직접 보고하겠다."

"알겠습니다. 제가 41사단을 잠시 맡겠습니다."

"나머지 편제는 부연대장들이 연대를 지휘하여 채운다. 새로운 지휘관이 올 때까지 최선을 다할 수 있도록."

"예, 장군!"

최영식은 이번엔 제대로 칼을 대기로 했다.

"정중식 대령."

"예, 장군."

"자네는 지금 당장 기무사령부에 연락해서 내부 수사담당관을 파견 받게. 아마 이틀 안에 파견될 걸세. 이번에 터는 김에 아주 제대로 털어주자고."

"알겠습니다."

기무사령부에서 직접 인력을 파견하게 되면 41사단은 사실상 해체 수순을 밟게 될 가능성이 높았다.

다른 사단으로 교체되거나 해체되어 이름이 없어질 수도 있었다.

이번 일은 그만큼 엄청난 사건이었던 것이다.

수사는 계속해서 이어졌다.

＊　　　　＊　　　　＊

41사단이 절명해 나가고 있을 무렵, 성민교가 삼척경찰서를 찾았다.

삼척경찰서장 정호태는 성민교에게 다소 황당한 소리를 들었다.

"어렵게 입수한 블랙박스 영상을 넘겨달라니요. 그건 좀……."

"의회에서 꼭 필요해서 그렇습니다. 그러니 저에게 넘겨주시고 당분간 이 사건은 덮어주면 좋겠습니다."

"이 사건은 덮는다고 덮어지는 것이 아닙니다. 이미 군부에선 인사 조정을 단행하였고 경찰 조직은 이 사건에 대해 아주 상세히 알고 있습니다. 우리가 입을 닫는다고 해서 퍼지지 않을 사안이 아니라는 소리지요."

"…좋은 게 좋은 거라고 조금만 참아주세요. 어차피 퍼질 것, 이번 국정감사가 끝날 때까지만이라도 좀 안 될까요?"

"국정감사와 몬스터의 출몰이 무슨 상관이라고……."

"상관이 있지요. 현재 우리 삼척으로 유입되고 있는 정부의 보조금은 모두 관광 수익에 의한 것입니다. 그런데 이것이 미리 국회의 귀에 들어가서 좋을 것이 뭐 있겠어요? 추후에 우리 보조금만 줄어들 뿐이죠."

"……."

"보조금 줄어들면 서로에게 좋지 않아요. 안 그래요? 이 좁아터진 동네에서 경찰이 할 수 있는 것이 뭐 있겠습니까?"

현재 삼척은 엄청난 관광 수익을 벌어들이는 도시이기도 하지만 몬스터 출몰 위험지역으로 분류되어 있었다.

이 때문에 국회나 청와대에서 상당히 신경을 많이 쓰는 지역으로 손꼽힌다.

만약 지금 이 상태에서 몬스터 출몰 사태가 점점 더 커진다면 사태는 걷잡을 수 없이 커질 것이다.

성민교는 정호태에게 자신의 지인 얘기를 꺼냈다.

"험험, 그나저나 이번 경찰 인사이동 건 말입니다."

"……?"

"내가 중앙청에 좀 잘 아는 사람이 있어요. 듣자 하니 경무관 자리가 하나 빌 것 같다고 하던데 말이죠."

순간, 정호태가 자세를 낮추었다.

"조, 조금만 더 자세히……."

"으음, 이 자리에서 할 얘기는 아닌데. 나가서 술이나 한잔하면서 얘기하시죠. 제가 울진에 잘 아는 집이 있습니다."

정호태는 경찰대학 출신이 아니라서 총경까지 온 것만 해도 가문의 영광이라는 소리를 듣고 있었다.

그런데 시의원이 지인과 함께 그를 밀어준다면 얘기는 달라진다.

성민교는 미소를 지었다.

'그래, 이럴 때는 마당발이라 좋군.'

그는 실제로 경찰 조직 수뇌부와 연이 닿아 있기 때문에 마음만 먹으면 정호태를 밀어주는 것쯤은 식은 죽 먹기였다.

하지만 지금 당장 그를 밀어줄 생각은 전혀 없었다.

미끼를 물었으니 어장에 넣어두고 몇 년이고 계속 꺼내 쓸 생각이다.

그는 핸드폰을 꺼냈다.

─예, 하동칠입니다.

"경찰에 약 쳐놨으니 나머지는 알아서 마무리하세요. 군에
선 한 명이 총대를 메고 사태를 종결짓기로 했으니 이젠 당신
이 나설 차례입니다."

─…젠장, 일이 복잡해졌군.

"누가 일이 이렇게 될 줄 알았습니까? 아무튼 마무리 잘해
요. 이번에 틀어지면 우리 모두 다 죽는 겁니다."

─알아요. 당신이나 잘하세요.

성민교는 전화를 끊자마자 표정을 싹 바꾸었다.

그는 정호태에게 웃으며 말했다.

"자자, 갑시다!"

"예, 가시지요. 제가 모시겠습니다."

아까와는 사뭇 다른 분위기의 두 사람이다.

제4장

뜻하지 않은 일

늦은 밤, 삼척 정라항의 '도명횟집'으로 삼척의 조직폭력배 해신파의 두목 조필규가 찾아왔다.

그는 항상 애인들과 함께 이곳 횟집에서 술을 퍼마시곤 했는데, 오늘은 어쩐 일인지 부하들만 데리고 왔다.

슥슥슥!

조필규는 한창 회를 뜨고 있는 이곳의 주방 보조를 바라보며 물었다.

"어이, 제필이."

"예, 형님."

"저 애송이의 이름이 뭐야?"

"이름은 모릅니다만, 그냥 둥이라고 불린답니다."

"둥이?"

"쌍둥이 남매를 키우는 아빠라고 해서 둥이라고 부른다더 군요."

"특이한 놈이군."

조필규는 행동대장 예성을 찾았다.

"어이, 예성이."

"예, 형님."

"저놈 얼굴 좀 보자."

"예, 알겠습니다."

행동대장 예성이 일어나 주방으로 가자, 부두목 염제필이 고개를 갸웃거렸다.

"형님, 저런 애송이에게 무슨 볼일이 있다고 그러십니까?"

"그럴 일이 좀 있어."

오늘 아침 조필규는 시장 하동칠에게 의뢰를 하나 받았다.

며칠 전에 정라항에서 발견된 블랙박스 영상 속 사내를 찾아내 처리하라는 것이었다.

조필규는 동해, 삼척 등지에 걸쳐 상주하고 있는 조직원을 전부 동원하여 그날 새벽 정라항에 세워져 있던 차주들을 찾아냈다.

그리고 그 차주들을 협박하여 블랙박스를 전부 수거하고 화면을 살폈다.

차량 안의 모든 블랙박스 영상을 들쑤셔 보니 하동칠이 찾는 남자가 이 횟집에서 일하는 주방 보조였던 것이다.

잠시 후, 주방에서 일하던 둥이라는 남자가 불려 나왔다.

"예, 손님. 부르셨습니까?"

"네가 둥이냐?"

"예, 그렇습니다만?"

"이리 좀 앉아봐."

"왜 그러시는지……?"

예성은 어리둥절한 그를 억지로 자리에 앉혔다.

퍽!

예성이 오금을 발로 차자 그는 자동적으로 무릎을 꿇게 되었다.

"윽!"

"이 새끼가 제명만큼 살기 싫은가? 감히 형님 말에 토를 달아?"

조필규가 손을 들어 그를 만류하였다.

"그만."

"형님?"

"그만해라. 어른이 얘기하는 것 안 보이냐?"

"그렇지만 이놈이 자꾸……."

그는 예상의 따귀를 한 대 후려쳤다.

짜악!

"……."

"이 새끼가 지금 누구 앞인데 발광이야?"

"죄송합니다!"

"나가 있어."

"예, 형님!"

그는 자신의 곁에 앉은 둥이에게 술을 한 잔 따라주었다.

쪼르르르르.

"이 집에서 가장 비싼 술이다. 안동소주지."

"……?"

"한잔 마셔. 내가 주는 거니까."

"하지만 지금은 근무시간입니다만……."

"어차피 지금 이 시간에는 손님도 없잖아?"

조필규의 식구들이 지금 아래에서 대기하고 있기 때문에 사람들은 이곳으로 회를 먹으러 왔다가도 금세 돌아서 나가고 말았다.

횟집 주인은 그 사실을 잘 알고 있으면서도 어찌할 수가 없었다.

덕분에 그는 둥이와 독대를 하기 편해졌다.

"요즘 돈벌이는 어때?"

"괜찮습니다."

"하루에 20시간씩 일한다면서? 그래서야 사람이 살겠어?"

"열심히 사는 것은 좋은 겁니다. 잠을 좀 못 잔다고 사람이 죽지는 않아요."

"뭐, 그건 그렇지."

조필규는 그에게 용병단 입단 신청서와 청년회 추천서를 건넸다.

"듣자 하니 몸이 날래고 체력이 좋다면서?"

"입단 추천서?"

"외국에서 한국으로 건너와 자리를 잡자면 한두 푼 벌어선 어림도 없어. 돈만 있으면 귀신에게 삽질도 시킨다는 한국이지만 돈이 없으면 그 삽으로 맞아 죽기 십상이지."

그는 둥이가 보는 앞에서 입단 추천서에 서명하였다.

슥슥슥!

"자, 이거 한 장이면 너는 당장 내일부터 용병단에서 일할 수 있어. 아마 지금보다 보수가 몇 배는 더 좋을 거야. 일이 좀 위험하긴 하지만 하루에 몇 시간만 일하면 끝이니 얼마나 좋아? 돈도 많이 벌고."

"저에게 왜 이러시는 겁니까?"

둥이는 조필규의 생각처럼 그리 쉽게 도장을 찍지 않았다.

아무래도 신분도 불확실한 자신에게 잘해주니 의심을 하는 모양이다.

조필규는 미소를 지었다.

"하하, 너는 잘 모르겠지만 나는 이 지역 청년회장이야. 용병단을 모집하는 모집 담당이기도 하지. 요즘 용병단에 사람이 없어서 마땅한 사람을 찾으러 다니는 중이야. 다른 뜻은 없어."

"……."

"뭐, 하기 싫다면 어쩔 수 없고."

둥이는 입단 신청서를 받아 들었다.

"별다른 조건은 없는 거죠?"

"보면 알 것 아니야? 추천서는 그냥 내 이름 석 자만 들어가 있을 뿐이고 입단 서류는 원래 시청에서 사용하는 것이야."

"뭐, 좋습니다. 서명하지요."

"후후, 잘 생각했어."

"만약 입단하면 일은 언제부터 할 수 있습니까?"

"내일 당장에라도 할 수 있어."

그는 고개를 끄덕였다.

"알겠습니다. 한 3일만 시간을 주십시오. 사장님께 양해도 구하고 할복장 아르바이트도 정리를 좀 해야 하거든요."

"그건 걱정하지 마. 입단만 하면 청년회에서 알아서 할 테니까."

"정말입니까?"

"하하, 속고만 살았나? 알아서 해준다니까?"

둥이는 고개를 끄덕였다.

"알겠습니다."

"좋아, 그럼 내일 시청에서 보자고."

"예."

입단서류를 받아낸 조필규는 부하들을 이끌고 식당을 나섰다.

"가자."

"예."

그는 회심의 미소를 지었다.

      *   *   *

횟집 앞, 조필규와 그 부하들이 항구 앞으로 몰려가 담배를 피우고 있다.

조필규는 행동대장 예성의 볼을 어루만지며 말했다.

"아프냐?"

"아닙니다."

"어쩔 수 없었다. 놈 앞에서 쇼를 좀 해야 할 것 아니냐?"

"괜찮습니다."

염제필은 조필규에게 이해를 할 수 없다는 듯이 물었다.

"놈을 처리하는 것은 그리 어렵지 않습니다. 원당동으로 데려가서 며칠 조지면 차라리 죽여달라고 빌게 될 겁니다."

"훗, 그게 마음처럼 쉽게 될 것 같으냐?"

"예?"

조필규는 둥이라는 남자의 가치에 대해서 말했다.

"너, 크러스트시안 한 마리에 몇 사람이 달려들어야 하는 줄 알아?"

"글쎄요, 전 무식해서……."

"대략 50명이야. 아니, 50명이 달려들어도 한 마리를 잡을 수 있을까 말까야. 총알도 안 통하지, 칼도 안 박히지. 놈을 죽일 수 있는 것은 화포가 유일하지."

"아아! 놈이 그렇게 셉니까?"

"세지. 아마 우리 같은 떨거지들은 보자마자 씹어 먹히고 말 거다."

"으음……."

"그런데 저놈이 싸우던 영상을 좀 봐라. 20마리가 넘는 크러스트시안을 그냥 손도 제대로 안 대고 썰어버렸잖냐."

"뭐, 그건 그렇지요."

"그런 미친 괴물을 우리가 데리고 가서 고문을 한다고 당하겠냐?"

"아하! 그런 깊은 뜻이……!"

조필규는 실소를 흘렸다.

"홋, 깊은 뜻은 무슨. 에라, 무식한 자식아, 그 엄청난 괴물들을 쓰러뜨렸다는 것을 알았으면 이 정도 생각쯤은 했어야 정상 아니냐?"

"헤헤, 제가 뭐 생각이 있겠습니까?"

"그래, 칼이나 쓸 줄 알았지 머리를 굴리는 것은 네 체질이 아니니까."

조필규는 그가 세상물정을 모른다는 것을 이용하여 큰 수확을 올릴 생각이다.

"용병단을 조직하는 것은 시청이지만 그것을 이끌고 다니면서 청소를 하는 것은 내 몫이야. 청년회장이 용병단 대장을 맡도록 시청 지침이 정해져 있거든."

"그럼 놈을 이용해서 청소를 시키고 돈을 받으실 생각입니까?"

"돈만 받아서 되겠냐? 건물 몇 개는 받아야지."

"오오! 좋은 생각이십니다!"

"어차피 재주를 부리는 놈은 돈을 못 벌어. 재주를 부리는 놈을 부려먹는 놈이 돈을 버는 거지."

조필규는 염제필에게 명함을 한 장 건넸다.

"이 사람에게 전화해서 이사부공원에 공사 현장 하나 잡아 놔. 내일 아침부터 당장 콘크리트 치고 일할 수 있도록 말이 야."

"예, 형님."

그는 아주 환한 미소를 지으며 담은 담배를 다 피웠다.

* * *

횟집에서의 근무가 거의 다 끝나갈 무렵, 사장이 다가와 카미엘에게 물었다.

"어이, 둥이. 진짜 그 일 할 거야?"

"글쎄요. 생각 좀 해보고요."

"자네, 잘 생각해야 해. 자네에겐 쌍둥이가 있잖아?"

그는 카미엘이 진심으로 걱정되어서 하는 얘기이겠지만 사실 이곳에 상주하고 있는 몬스터들은 허약하기 짝이 없었다.

최소한 서큐버스 무리나 미노타우르스 무리쯤은 되어야 카미엘에게도 조금은 위협이 될 것이다.

그는 몬스터의 제왕 발록이나 혈마 블러디안 같은 몬스터들을 제압하여 영혼석으로 만들어 다스린 사람이다.

몬스터의 영혼은 사람의 영혼과는 다르게 마나를 통하여

딱딱한 돌의 형태로 바꾸어 보관할 수 있었다.

다만 술자가 가진 마력이 해당 몬스터의 힘보다 훨씬 강력해야 영혼석으로 억압을 시킬 수 있었다.

카미엘은 이 과정을 압축이라고 정의하였다.

압축된 영혼석은 에고소드의 손잡이에 장착하여 발록과 연결할 수 있는데, 발록과 연결된 영혼은 에고소드에 빙의하여 그 모습을 현신하게 된다.

지금은 마나서클이 깨져서 소환하기가 힘들지만 조만간 몸이 회복된다면 혈마를 빙의시킬 수도 있을 터였다.

발록과 쌍벽이라 불리던 혈마 블러디안과 같은 몬스터들이 즐비한 카미엘의 아공간이 있는 한 크러스트시안쯤은 수만 마리가 덤벼도 그에게 흠집조차 낼 수 없을 것이다.

하지만 문제는 몬스터가 아니라 사람이었다.

'저 새끼, 질이 좋지 않은 놈이다. 저런 놈이 뭐가 좋다고 대가도 없이 내 신원보증을 서주고 입단 추천서까지 써준단 말인가?'

도둑놈도 모르는 도둑놈보다 아는 도둑놈이 낫다는 말이 있듯이 낯선 곳에선 낯선 사람을 무조건 조심해야 하는 법이다.

카미엘은 놈에게 분명 뭔가 꿍꿍이가 있을 것이라고 생각했다.

하지만 지금으로선 그 꿍꿍이가 뭔지 알 턱이 없었다.

'하지만 용병 생활이 꼭 나쁜 것만은 아니지. 정식으로 등록이 되면 굳이 삼척이 아니라도 일을 할 곳이 많으니까.'

지역 용병단에 가입한 경력이 있으면 대도시에서 활동하는 용병단에 가입하는 것도 가능했다.

"쌍둥이를 키우려면 돈을 많이 벌어야죠."

"뭐, 그건 맞는 소리이만……."

"걱정해 주셔서 감사합니다."

"별소리를 다 하는군."

이미 청년회와 횟집에서의 일을 마무리 지은 사장은 그를 보내줄 수밖에 없었다.

그는 오늘도 카미엘에게 횟집에서 팔다 남은 음식을 건넸다.

"다음에 올 때엔 내가 제대로 한 상 차려줄게. 쌍둥이들과 함께 오라고."

"네, 사장님. 고맙습니다."

카미엘은 손자 손녀를 데리러 가기 위해 바쁘게 움직였다.

＊　　　　＊　　　　＊

시청 용병단 대기실 앞, 대략 50명의 청년들이 운집해 있다.

저마다 장기를 하나씩 가지고 있는 용병들은 대부분 해외 파병 경험이 있거나 특수부대에서 이름 좀 날리던 사람들이었다.

그런 그들 중에서도 카미엘은 단연 눈에 띌 수밖에 없었다.

해외에서 오긴 했지만 특수부대에서 복무했다거나 딱히 대단한 장기를 가지고 있어 보이지 않았기 때문이다.

용병들은 카미엘을 곱지 않은 시선으로 바라보았다.

"저놈, 낙하산이라고 했나?"

"아마도?"

"살다 보니 별 미친놈이 다 있군. 용병단이 무슨 보이스카우트야, 들어오고 싶다고 해서 다 들어오게?"

"돈이 궁했나 보지."

자치단체에서 운영하는 용병단은 10~15만 원의 일당을 지급하고 사냥에서 생겨나는 몬스터의 부산물을 판매하여 일정 수익을 용병단에게 되돌려 준다.

일일 성과에 30%를 지자체에서 수수료로 가지고 가고 판매 상인들에게 10~20%가 수수료로 넘어간다.

여기에 국가에서 5% 원천징수를 하고 남은 이익을 다시 용병단 서포터와 투자자들에게 20%를 인계한다.

그리고 남은 돈을 용병단원들이 1/N 하여 나누어 갖게 되는 것이다.

수익 구조가 조금 복잡하긴 하지만 30~40%에 달하는 부수입은 생각보다 만만치 않은 금액이다.

등급에 따라서 가격이 다르긴 하지만 최하 등급의 몬스터를 기준으로 해도 한 마리에 대략 400~500만 원의 돈이 나왔다.

그러니 두 마리만 잡아도 천만 원대의 수익이 발생하는 것이고, 여기서 50명이 수익을 나누면 적어도 10~12만 원쯤 일당이 나온다.

아무리 못해도 하루에 20~35만 원의 돈을 버는 용병들이니 일감이 많으면 한 탕에 수백, 수천만 원을 벌 때도 있었다.

그러니 사지 멀쩡한 청년이면 어떻게 해서든 용병단에 들어와 일을 배우려 기를 쓰는 것이다.

하지만 그것은 동료 용병들에겐 그리 달가운 일이 아니었다.

몬스터의 피와 살이 난무하는 전장에 막상 일반인 청년을 데려다 놓으면 십중팔구 도망을 치거나 그 자리에서 기절해 버린다.

그만큼 몬스터들이 내뿜는 살기와 위압감이 버티기 힘들 정도로 거세기 때문이다.

인원이 정해진 상태에서 사냥을 하는데 한두 명이 빠지게 되면 조직력이 약해져 전멸하는 사태가 발생할 수도 있었다.

그렇기 때문에 용병단에서 사람을 구하는 데 그렇게 까다롭게 구는 것이다.

상황이 이러하니 카미엘을 바라보는 시선이 고울 리가 없었다.

하지만 카미엘은 그런 시선쯤은 가볍게 무시했다.

지금 그에게 중요한 것은 팀원들과의 협동이 아니라 얼마나 많은 돈을 벌 수 있느냐 하는 것이기 때문이다.

잠시 후, 용병단장 조필규가 단상으로 올라왔다.

"잠시 주목!"

"주목!"

"다들 모였나?"

"예, 단장님."

"그럼 지금 간단하게 브리핑하고 출발하도록 하지."

그는 단상 위에 작전지도를 걸고 오늘 펼쳐질 토벌전에 대한 브리핑을 시작하였다.

"우리가 오늘 가야 할 곳은 갈전리 피암터널이다."

조필규는 작전 개요도를 참고하여 지도 위에 길을 표시하였다.

"피암터널 지하도로 진입하여 동쪽으로 전진, 정상동 지하수로까지 토벌하는 길이다. 아마 하루 이틀 가지고는 토벌이 불가능할 것이다. 그러니 그곳에 베이스캠프를 치고 출퇴근하는 형식으로 진행해야겠지."

"일당은 얼마입니까?"

"20만 원이다. +@는 시청에서 꽤 높은 비율로 챙겨줄 것이
고."

이 정도면 작전이 얼마나 길어지든 용병들에겐 나쁠 것 없
는 조건이다.

조필규는 지금 당장 작전을 실시하도록 지시하였다.

"차량을 타고 피암터널로 출발할 테니 무기를 불출 받도록."

"예, 알겠습니다."

조필규는 이내 자취를 감추었다. 그리고 카미엘과 용병들
은 대기실로 안쪽 무기 불출 장소로 이동하여 출격을 준비하
였다.

*   *   *

갈전리 피암터널 입구, 50명의 용병이 다섯 개의 분대로 나
뉘어 팀을 구성하였다.

카미엘이 속한 팀은 가장 후미 열에 있는 5팀이었다.

—여기는 지상 중앙 본부, 전 기수에게 감도 체크 중이다.

—감도 양호하다.

—그럼 지금부터 토벌전을 시작하겠다. 각 팀은 선두 열의

지시에 따라 움직일 수 있도록.

─입감.

중앙 본부는 용병들에게 지시를 내리고 각종 정보를 전달해 주는 사령탑 역할을 한다.

몬스터의 위치나 현장의 지형 등을 안내하여 작전이 조금 더 수월하게 끝나게끔 해주는데, 무전은 광대역 무전기를 사용한다.

만약 용병단의 눈이라고 할 수 있는 사령탑이 제 구실을 못 하게 되면 생존도 장담할 수 없게 된다.

그 때문에 용병단은 항상 사령탑과의 긴밀한 연락을 유지해야 한다.

─5팀, 잘 들리나?

"아주 잘 들린다."

─오늘 끝나고 술 한잔해야지?

"오늘 끝날지 내일 끝날지 어떻게 아나?"

─지형을 보아하니 길이만 길지 별것 없겠어.

"뭐, 그렇다면야 한잔 걸쳐야지."

5팀에는 쌍둥이 형제가 있는데, 현재 사령탑에서 무전을 전달하고 있는 도시계획과 직원과는 형제 사이이다.

이들은 우애가 남다르기로 유명해서 5팀 쌍둥이가 작전에 나서는 날이면 항상 도시계획과 직원인 형이 무전을 잡곤 했다.

─그럼 이따가 끝나고 고래집에서 보자고.

"누나는?"

─연락해 놓을게.

"오케이, 알겠어."

카미엘은 형제가 있다는 것이 무슨 느낌인지 모르는 사람이다.

'전장에서 함께하는 핏줄이라⋯ 더 애틋하겠군.'

그는 형제애가 무엇인지 모른다. 하지만 전쟁을 겪어본 사람으로서 전우애를 느껴보았기에 어렴풋이 형제애가 어떤 느낌인지는 가늠할 수 있었다.

그러나 지금 그에게 전우애는 멀게만 느껴졌다.

카미엘은 후미 열 가장 끄트머리에서 물통과 식량 가방을 짊어진 채 뒤따르고 있었다.

무려 60㎏이나 되는 짐을 지고 40㎞가 넘는 행군을 하자면 고생이 이만저만이 아닐 터였다.

멍애산, 장병산, 지각산을 지나 광동호에서 북쪽으로 방향을 틀어 대문달산, 적벽산으로 이어질 행군로에는 휴식 코너가 단 두 번밖에 없었다.

그렇기 때문에 카미엘은 그날 퇴근할 때까지 짐을 내려놓을 수조차 없었다.

제5 팀장 이영훈은 카미엘을 고까운 시선으로 바라보았다.

"어디서 저런 비실거리는 애송이를 데리고 왔는지, 청년회장도 정상은 아니야."

"자신이 전투에 투입되지 않는다고 마구잡이 인사를 해대는 것이지."

"하여간 마음에 안 드는 놈이라니까."

이영훈은 후미 열에서 물통을 짊어지고 오는 카미엘에게 물었다.

"어이, 물통. 고향이 어디야?"

"몰라."

"나이는?"

"그것도 몰라."

"그럼 이름은?"

"모르지. 다만 임시 주민등록증에 김두이라고 나와 있어."

"두이?"

"동네에서 쌍둥이 아빠라고 부른다고 이름을 두이라고 지어줬어. 원래는 그냥 등록증 번호로 이름을 사용했었지."

이영훈은 실소를 흘렸다.

"허 참, 이제는 제 이름도 모르는 멍청이를 데려다주는 건가? 이놈, 우리에게 뭔가 억하심정이 있는 것이 분명해."

"그래도 이 친구는 도망은 치지 않잖아? 이 정도면 양호한

편이지, 뭐."

5팀의 용병들은 카미엘이 일찌감치 도망칠 것이라고 생각했다.

동굴의 저 멀리에선 벌써부터 몬스터의 괴성이 들려오고 있었고, 적외선 투시경 없이는 앞을 볼 수조차 없었다.

이런 상황에서 겁을 먹지 않으려면 그만한 배짱이 있거나 자신감이 있어야 한다.

그렇기 때문에 용병들은 일반인으로 보이는 카미엘이 당장 도망을 치거나 바지에 오줌을 지릴 것이라 생각한 것이다.

하지만 카미엘은 둘 중 어느 하나에도 해당되지 않았다.

이영훈은 그의 패기가 마음에 들기는 했지만 언제 죽을지 모른다고 생각하여 신경을 아예 쓰지 않기로 했다.

"일단 출발하지."

"알겠어."

"그리고 말이야, 곧 죽을 놈에게 정은 주지 마."

"만약 동굴을 나설 때까지 살아 있다면?"

"그럴 일은 없겠지만 만약 그렇다고 한다면 내가 술을 한잔 사야겠지. 어찌 되었든 간에 사람을 잘못 본 것은 사실이니까."

카미엘은 그의 말에 기분이 나쁘거나 자존심이 구겨지는 일은 없었다.

어차피 그는 자신이 이 사회에 섞이려면 밑바닥부터 시작해야 한다는 것을 잘 알고 있었기 때문이다.

그는 처음과 같은 표정으로 묵묵히 짐을 지고 날랐다.

＊　　　＊　　　＊

행군 세 시간째, 여전히 몬스터는 보이지 않는다.

이영훈은 지금쯤 몬스터를 잡아도 열 마리는 넘게 잡아야 하는데 뭔가 좀 이상하다고 느꼈다.

"이봐, 사령탑."

—무슨 일인가?

"뭔가 좀 이상하지 않아? 왜 아직까지 몬스터가 한 마리도 나타나지 않지?"

—좌표에는 아무것도 보이지 않는다. 아마도 동굴 끄트머리에 있어서 레이더에 잡히지 않는 것 아닐까?

"흠……."

바로 그때, 지반이 급격하게 흔들리기 시작했다.

쿠그그그그그!

순간, 모두의 표정이 딱딱하게 굳었다.

"뭐, 뭐지? 그냥 단순한 지진인가?"

"그냥 단순한 지진이라고 하기엔 뭔가 좀 이상하다. 이것은 마치……."

잠시 후, 그들의 눈앞으로 도저히 믿기 힘든 것이 다가왔다.

고오오오오오!

지하 수로 안을 가득 채울 만한 거대한 파도가 용병단을 덮쳐오고 있는 것이다.

카미엘은 두 눈을 뜨고도 지금 이 상황을 현실이라 믿고 싶지가 않았다.

"제, 제기랄! 지하 수로에 댐이 있었나?!"

"만약 그랬다면 사람을 들여보냈겠어?!"

"빌어먹을!"

이영훈은 재빨리 무전기를 잡았다.

"여기는 에코 원! 후방에 파도가 나타났다!"

—뭐라고? 뭐가 나타나?

"파도 말이야, 파도!"

—파도? 지하 수로에 무슨 파도가…….

잠시 후, 5팀의 뒤통수로 거대한 파도가 달려와 부서져 내렸다.

"허, 허억!"

콰앙!

카미엘은 머리 부근에 아주 묵직한 타격을 받았다. 그러나 이미 인간의 경지를 초월한 카미엘은 정신을 잃지 않고 똑바로 정면을 바라보았다.

쏴아아아아!

속이 다 시원해질 정도로 강력한 이 파도는 50명의 용병단을 순식간에 집어삼키곤 거침없이 동굴 안을 내달리기 시작했다.

카미엘은 어째서 이곳에 몬스터가 없는지 이제야 이해할 수 있었다.

'그래, 이런 파도가 들이치니 돌아다닐 수가 없던 것이지.'

과연 이 동굴에 어떤 몬스터가 사는지 알 수는 없지만 제아무리 몬스터라도 파도 안에선 살아남을 수 없던 모양이다.

그렇게 10분 동안 파도를 타고 달려온 카미엘은 이제 서서히 수위가 낮아진다고 느꼈다.

꼬르르르륵, 쏴아!

동굴을 가득 채우고 있던 물은 바닥에 난 구멍을 따라 한방에 빠져나갔다.

이 과정에서 소용돌이가 일어나 몇몇 용병이 믹서 안에 들어간 고기처럼 처참히 갈려 나가고 말았다.

쐐에에에에엥!

푸하아아아악!

순식간에 사방이 사람의 선혈로 뒤덮이자 드디어 정신이 바짝 드는 카미엘이다.

"허, 허억!"

잠시 잠수병에라도 걸린 것일까?

아주 잠깐이지만 넋이 나가 있던 카미엘은 동료들이 흩뿌린 선혈로 인해 정신을 차릴 수 있었다.

카미엘은 일단 바닥에 널브러져 있는 용병들에게 다가가 몸을 흔들어 깨웠다.

"이봐, 정신 좀 차려봐! 이봐!"

"으으……."

주변의 30명 중에서 정신을 차린 사람은 다름 아닌 5팀의 이영훈과 박달구 두 명뿐이었다.

나머지는 물살에 휘말려 목숨을 잃거나 동굴 깊숙한 곳에 축 늘어진 채 누워 있을 것이다.

"바깥에 있는 본대와 연락이 되나?"

"아니, 잠깐만."

그는 떨리는 손으로 무전기를 잡고 본대를 호출하였다.

"여기는 에코 원, 레인보우 응답 바람."

—치익, 치지지지직!

"여기는 에코 원! 레인보우 응답 바람!"

—…치직, 여기… 레…….

무전기의 잡음이 너무 심해서 사령탑과의 연결은 아무래도 힘들 것으로 보였다.

"제기랄, 무전도 불통인데 이젠 어떻게 하지? 앞으로 가야 하나, 아니면 뒤로 다시 돌아가야 하나?"

불과 10분 만에 사라진 파도지만 카미엘은 벌써 동굴의 중간까지 와 있었다.

보통 10미터 수심에서 초속 10미터로 이동하는 파도이지만 때에 따라선 시속 900㎞까지 빨라지기도 한다.

하지만 그것은 어디까지나 수심이 깊을 때의 얘기이고 지금은 아무리 수심이 깊어봐야 5미터에 불과하다.

수심은 얕지만 수압은 가히 살인적이라 할 수 있을 정도였다.

카미엘은 이런 파도가 만약 반복적으로 계속되는 것이라면 몬스터가 갑자기 바닷가에 모습을 드러낸 것을 이해할 수 있을 것 같았다.

'그놈들, 이런 엄청난 수압 때문에 연안까지 떠밀려 온 거야. 그렇게밖에 설명을 할 수가 없다.'

그러나 여전히 미스터리인 것은 도대체 왜 이런 물줄기가 밀려드느냐이다.

머리가 다소 복잡해진 카미엘이지만 더 이상 이곳에서 시간을 지체하고 있을 수는 없었다.

"어서 가자. 우리의 반대편에서 파도가 밀려왔으니 우리는 계속해서 앞쪽으로 나아가야 해."

"그래, 그렇겠군."

용병들이 기절에서 깨어난 지 얼마 되지 않았지만 살고 싶다면 부지런히 움직여야 한다.

조금 어기적거리는 느낌이 들기는 했지만 행군을 하는 데 나쁘지는 않았다.

카미엘은 두 사람을 이끌고 계속해서 앞으로 나아갔다.

*　　　*　　　*

삼척시의회 의장실로 신유호의 비서실장 유하나가 찾아왔다.

그녀는 석명환을 보자마자 꾸벅 고개부터 숙였다.

"의장님, 회장님께서 용무로 워낙 바쁘셔서 제가 대신 왔습니다. 용서해 주시지요."

"용서랄 것이 있나? 지금과 같은 시국에 우리가 서로 함께 얼굴 맞대어 좋을 것이 뭐 있다고."

"그리 이해해 주시니 뭐라 감사의 말씀을 드려야 할지 모르겠습니다."

"감사는 무슨, 그냥 좋은 게 좋은 거지."

유하나는 인사치레가 끝나자마자 곧바로 본론으로 넘어갔다.

"듣자 하니 무슨 이상한 해결사 같은 놈이 하나 나타나서

훼방을 놓았다고 하더군요. 그게 사실입니까?"

"자네도 믿기 힘드나?"

"크러스트시안입니다. 어지간한 화력으론 잡을 수 없지요. 애초에 의장님도 그런 괴물이 있으리라곤 상상조차 하지 못하셨을 것으로 압니다."

"당연하지. 그런 미친 괴물이 세상에 존재한다는 것을 세상에 누가 상상이나 했겠나?"

"그렇군요."

"뭐, 아무튼 신 회장께서 워낙 괜찮은 해결사를 두서서 걱정할 필요는 없겠지. 안 그런가?"

"일단은 그 사람도 돈을 받고 일하는 사람이니 앞으로 어떻게 될지는 알 수가 없습니다."

"후후, 그래. 어디 사람이 사람의 마음대로 되던가?"

석명환은 경우의 수를 하나 더 들었다.

"만약에 일이 잘못된다면 신 회장께선 그냥 유야무야, 무사하게 넘어가면 되는 걸세. 판을 그렇게 짜놓았어."

"예, 알겠습니다."

"거듭 말하지만 신 회장께서 잘못되면 사건이 줄줄이 터지는 것은 시간문제야. 각별히 조심하게."

"명심하겠습니다."

석명환은 유하나에게 숙제를 하나 냈다.

"그리고 자네, 그 용병인지 뭔지 하는 놈팡이에 대해서 좀 알아보게. 할 수 있겠나?"

"물론입니다. 심층적인 부분까지 한번 캐보겠습니다. 그쪽으로 전문가가 한 명 있으니 사돈의 팔촌까지 알아낼 수 있을 겁니다."

"그래, 기대해 보지."

유하나는 석명환에게 술병이 담긴 상자를 건넸다.

"그리고 이건 그냥 성의 표시입니다."

"술? 술 좋지!"

석명환이 술 상자를 뜯어보더니 이내 슬그머니 미소를 지었다.

그 안에는 무기명채권이 다량 들어 있었다.

"뭐 이런 걸 다… 하하!"

"의원님께서 건제하셔야 우리 모두가 우뚝 선다고 회장님이 말씀하셨습니다. 만약 우뚝 서는 데 모자라면 말씀하십시오. 성의를 조금 더 확실하게 표현하겠습니다."

"하하, 알겠네. 걱정하지 마시게."

석명환의 얼굴에 웃음꽃이 피었다.

제5장
사면초가

파도에 휩쓸렸다가 깨어난 지 한 시간쯤 지났을 무렵, 카미엘은 세 갈래로 갈라지는 갈림길을 만났다.

　그는 고개를 갸웃거렸다.

　"…뭐야? 왜 갈림길이 나와?"

　"이상하군. 우리가 불출 받은 지도에는 갈림길이 나와 있지 않은데 말이야."

　"그놈들이 나누어준 지도가 틀림이 없나?"

　"당연하지."

　"흠."

"아무래도 상부에서 우리에게 뭔가 숨기고 있는 것이 분명하다. 그렇지 않고서야 이런 일이 발생할 리가 없어."

두 사람은 이영훈의 말에 전적으로 동의하였다.

파도에 갈림길까지 나온 마당에 상부를 더 이상 신뢰한다는 것은 불가능했다.

"몬스터 토벌이고 뭐고 일단 살아나가는 것이 중요해. 다른 것은 신경 쓰지 말자고."

"…빌어먹을, 돈 몇 푼 벌려고 나왔다가 골로 가게 생겼군."

세 사람은 머리를 맞댔다.

"광동호를 지날 때 길이 한 번 꺾어져. 하지만 아까 꺾어지는 길을 지났으니 광동호는 지난 셈이지."

"그걸 어떻게 알아?"

"난 아까 정신이 말짱했거든."

"…괴물인가?"

카미엘은 이영훈의 말을 씹어 삼킨 후에 말을 이었다.

"아무튼 주변의 환경을 살펴보면 정면이 직진, 나머지는 밖으로 새는 길이야."

"광동호를 지났다면 샛길로 나가는 것도 나쁘지는 않겠군."

"다만 바깥에 뭐가 있는지 아무도 모른다는 것이 문제지."

"흠……."

"그렇다면 차라리 직진하는 편이 좋지 않나?"

"그랬다가 다시 파도가 밀려오면 생사를 장담하기 힘들어."

"이런 제기랄! 그럼 어째?"

"둘 중에 하나를 결정하는 수밖에. 몬스터와 싸우든지 파도와 싸우든지."

두 사람은 후자를 선택했다.

"그래, 몬스터보다는 파도가 낫지."

"그럼 결정한 건가?"

"…어차피 죽을 것, 그냥 편안하게 가자고."

"알겠다. 그럼 우측으로 가자."

세 사람은 카미엘의 뒤를 따라 우측 샛길로 걸어갔다.

*　　　　*　　　　*

정라진 방파제 공원 인근 오솔길에는 공사가 한창이다.

얼마 전에 생겨난 구멍에 콘크리트를 붓고 그 위에 강철판을 덧대고 단단히 고정시켰다.

이제 핵폭발이 일어나지 않는 이상 이곳에 두 번 다시 구멍이 날 일은 없을 터였다.

조필규는 설계도를 몇 번이고 확인하고 또 확인하였다.

"확실하지? 이 안의 구멍은 더 커질 수 없는 것이지?"

"예, 형님. 전문가들이 전부 확인을 마쳤습니다."

"그럼 됐다. 최소한 이곳으로 몬스터가 삐져나오는 일은 없 겠군."

조필규가 50명의 용병을 모집하자마자 출발시킨 것은 그들 을 미끼로 던져놓고 이곳을 콘크리트로 막아버리기 위함이었 다.

이곳을 콘크리트로 막으면 더 이상 몬스터가 치고 올라올 수 없다는 계산이었던 것이다.

사람을 미끼로 쓴 것은 조필규의 머리에서 나온 것이고, 공 사를 진행시키는 것을 승인한 것은 하동칠이었다.

두 사람은 갑을 관계에 있지만 생각보다 죽이 잘 맞았다.

그들의 콤비네이션으로 인해 작전은 생각대로 잘 먹혀들어 간 것이다.

그는 부하들에게 용병단의 새로운 소식을 받았다.

"형님, 지금 용병단과 연락이 안 된답니다."

"그래? 그럼 어쩔 수 없지. 다시 용병단을 모집한다는 공고 를 올려."

"하지만 지금 용병들의 집에서 전화가 오고 난리가 났습니 다. 당장 인력을 재구성하는 것은……."

"그렇다면 구조단 명목으로 사람을 모집하면 될 것 아니 냐?"

"아하! 그런 방법이……!"

"보통 구조대를 구성할 때 인원이 더 많이 모집되니 꼭 전투 인력이 아니라도 좋으니 구조에 적합한 인원을 원한다고 올려놔."

"예, 알겠습니다."

행동대장 예성은 조필규에게 둥이에 관한 얘기를 꺼냈다.

"그나저나 형님, 그놈은 어떻게 되었을까요?"

"둥이 말이냐?"

"예, 형님. 크러스트시안을 무 자르듯 베어낸 놈이라면 뭔가 있지 않을까요?"

"아직까지 놈이 뭐 하는 놈인지는 자기 스스로도 몰라. 정신이 온전치 않다고 하잖아? 만약 뭔가 있다고 해도 객사할 확률이 높지."

"으음, 그럴까요?"

조필규는 아쉬운 입맛을 다셨다.

"젠장, 그놈으로 상황을 싹 정리하고 돈 좀 뜯어내려 했더니 그것도 여의치 않군."

"애초에 그런 엄청난 놈이 이런 시골에 있다는 것부터가 아이러니 아닙니까?"

"하긴, 나 같아도 이곳에 있지 않겠지. 최소한 자신이 대단한 놈이라는 것을 자각했다면 말이야."

아무튼 일이 어떤 쪽으로 풀리든 간에 조필규는 하동칠의

약점을 잡았으니 그것으로 만족하였다.

*　　　　*　　　　*

늦은 밤, 최영식 중장의 숙소로 한 남자가 찾아왔다.

똑똑.

숙소의 문을 두드린 남자는 상당히 초조하고 불안해 보이는 표정이었다.

잠시 후, 최영식이 문을 열었다.

"누구십니까?"

"…최영식 중장님 되시지요?"

"네, 그렇습니다만?"

"안녕하십니까? 저는 삼척 도시계획과의 황형진 대리입니다."

"도시계획과에서 무슨 일로……?"

황형진은 그에게 명함과 신분증을 보여주며 말했다.

"드릴 말씀이 있어서 왔습니다. 괜찮다면……."

"이런 야밤에 말입니까?"

"매우 중요한 얘기입니다."

최영식은 그의 눈동자에서 불안함을 느꼈지만 그것은 사람을 해치고자 할 때의 것과는 사뭇 달랐다.

그는 문을 활짝 열었다.

"들어오시죠."

"감사합니다. 그럼 실례 좀 하겠습니다."

황형진은 사방이 딱 막힌 곳에 들어와서야 조금 안심하는 표정이다.

가슴을 쓸어내리는 황형진을 바라보며 최영식이 술잔을 건넸다.

"한잔하시겠습니까?"

"주시면 감사히……."

최영식은 자신이 즐겨 마시는 위스키를 한 잔 따라주며 물었다.

"이곳까지 술을 드시러 온 것은 아닌 것 같고, 저를 찾아오신 이유가 뭡니까?"

"일단 한 잔하고……."

꿀꺽!

목이 타들어갈 듯이 독한 술을 단숨에 들이켠 황형진이 잔을 내밀었다.

"크흐, 좀 낫네. 한 잔 더 주실 수 있습니까?"

"원하신다면야 얼마든 줄 수 있지요."

황형진은 연거푸 두 잔을 마신 후에야 입을 열었다.

"실은 제가 중장님께 제보를 하나 하려고 왔습니다."

"제보요?"

"이번 몬스터 출몰 사건의 전말에 대해서 알고 있습니다."

"……!"

최영식은 본격적으로 술판을 벌여야 할 것 같았다.

"먹을 만한 육포와 견과류가 좀 있습니다. 여기서 몇 잔 더 하시죠."

"그래도 될까요?"

"물론입니다."

전화기를 든 최영식이 부하에게 전화를 걸었다.

"중요한 손님이 오셨네. 경계 좀 세워줘."

—예, 알겠습니다.

군단 헌병특수임무대에서 파견된 병력 20명이 이곳에 주둔 중인데, 최영식을 호위하는 임무를 맡았다.

최영식은 경계를 강화시킨 후 술잔을 놓았다.

단출하지만 그럭저럭 마실 만한 술상이 차려지자 두 사람은 술잔을 부딪쳤다.

"한잔하시죠."

"예, 그럼."

단숨에 술을 들이켠 황형진이 입을 열었다.

"장군님께선 이번 사건에 과연 얼마나 많은 인사가 엮였다고 생각하십니까?"

"이 대리님께선 이번 사건의 원인이 우리 군의 경계 작전 실패만이 아니라고 생각하시는 겁니까?"

"제 생각이 그런 것이 아니라 사실이 그렇습니다. 이번 사건은 시청, 시의회, 군부대, 깊게는 경찰에 건달까지 엮였습니다."

"으음, 그렇게 복잡한 사건일 줄이야……."

"5년 전부터 삼척이 급격한 발전을 이룩하여 지금은 대도시로 가는 길을 열었습니다만, 그 과정에서 정경유착이 더 심해졌습니다."

"급격한 발전에 대한 폐해라고 볼 수 있겠군요."

"그래요. 어느 곳이나 급격한 발전을 이룩하게 되면 폐단이 발생하게 되는 법이지요. 하지만 이번 건은 그 정도가 너무 심했습니다."

"자세히 좀 들을 수 있습니까?"

황형진은 자신의 서류 가방에서 몇 장의 사진을 꺼냈다.

사진 속에는 어두컴컴한 지하 수로의 전경이 나와 있었는데, 날짜는 대략 1년 전쯤으로 보였다.

"이곳은 삼척 연안 방공호 아래 세워진 지하 수로입니다. 지하 암반까지 펌프를 내려 물을 끌어다 공급하는 사업이지요. 이 사업으로 인해 부족하던 농업용수와 생활용수를 보충할 수 있게 되었습니다. 얼마 전 몬스터의 습격으로 인해 물 공급이 어려워진 삼척에서 할 수 있는 가장 빠른 해결책이 바로 이것이었습니다."

"취지가 상당히 좋군요."

"겉으로 보자면 그렇지요. 하지만 문제는 이 취지에 걸맞은 자금 투자가 되지 않았다는 사실이지요."

"으음……."

"원래 이 지하 수로를 뚫자면 적어도 3년 이상 소요되는데, 삼척은 그것을 단 5개월 만에 끝냈습니다. 비결이 뭘까요?"

"지하 방공소 아래에 있는 길을 이용한 것이군요."

"네, 그렇습니다. 공사 비용 단축을 위해서 지하 방공소 아래에 지하 수로를 놓은 것이지요."

"허어!"

그는 서류 가방에서 용수 공급용 지하 수로 증축에 대한 사업 계획서와 사업 현황에 대한 서류를 꺼냈다.

"첫 번째 서류는 사업 계획서 초안이고 그다음 장은 사업 현황에 대한 보고서입니다. 지금은 사업이 마무리되어 정리가 끝난 상황이지요."

사업 계획서에는 1,000억의 예산이 투자되어 갈전리에서부터 연안까지 수로를 잇는다고 나와 있었다.

이 사업에 삼척시의 공급 대부분이 투자되었고, 태백시에 투자되어 있는 카지노 수익금과 풍력발전, 태양광사업의 수익이 전부 투입되었다.

현재 삼척시 1년 예산이 5천억인 것을 감안하면 대단히 큰 금액이 동원된 셈이다.

한마디로 삼척시는 시에서 운영하는 사업의 모든 수익을 이곳에 모두 들이부은 것이나 마찬가지였다.

그러나 이 사업에서 굴착 비용을 제외하고 투입 인력을 감소시키는 등 기획 의도와는 많이 다른 행위들이 이뤄졌다.

사업을 시행했을 때에는 천억으론 모자랄 것이라고 예상됐지만, 막상 공사가 끝났을 때엔 무려 1/3에 달하는 금액이 남았다.

한마디로 중간에서 300억이라는 돈이 샌 것이다.

"처음 시의회에서 시안을 발의한 다음 군부대로 넘어갈 때 50억, 시청으로 넘어갈 때 50억, 그리고 관련 기관들에게 들어간 돈이 또 50억, 나머지 150억이 남아 시의회로 들어간 것으로 보입니다."

"대단들 하시군. 이렇게 돈을 해 처먹으니 뭐가 제대로 돌아갈 리가 있나?"

"그런데 문제는 이것이 그냥 부실 공사나 비자금 조성으로만 끝난 것이 아니라는 겁니다. 사진을 잘 보십시오."

그는 사진의 마지막 장을 바라보았다.

사진 속에는 아주 희미하게 공간의 왜곡 현상이 찍혀 있고,

그 주변으로 희끗희끗한 물체가 둥둥 떠다니고 있었다.

"…아공간!"

"예, 그곳은 아공간이 형성되어 있는 지역이었습니다."

처음 이 땅에 몬스터가 생기고 나서부턴 불특정 지역에 작은 아공간들이 갑자기 생기는 현상이 관측되었다.

이곳은 몬스터들을 계속해서 뱉어내는 입구라서 한 번 생기면 엄청난 피해를 만들어내곤 했다.

하여 유엔에선 이 아공간을 연구하고 컨트롤할 수 있는 사람들을 지정하여 연구소를 차려주었다.

아공간 전문가들은 아공간을 심도 있게 연구하여 이것을 무력화시킬 수 있는 방법을 고안해 냈다.

미국과 영국 등에선 아공간을 없애는 기술을 개발하였으면 만드는 기술도 고안할 수 있을 것이라 생각하고 연구에 착수하였지만 모두 헛수고였다.

애초에 공간 왜곡 현상이 왜 생기는지도 모르는데 그것을 재현한다는 것 자체가 무리수였던 것이다.

"처음에 저는 그냥 부정부패만 일삼는 줄 알았지, 아공간 같은 것이 생겼다는 것은 까마득히 몰랐습니다. 그 사진도 며칠 전에 전문가에게서 조언을 받아 공간 왜곡 현상에 대해 알아낸 겁니다. 저 같은 도시계획과 직원이 뭘 알겠습니까?"

"아니, 그럼 애초에 부정부패에 대해 신고하지 않은 겁니까?"

"…청년회장이 저와 제 동생들의 앞길을 막아버린다고 협박했습니다. 게다가 그놈은 건달이라서 과연 우리 집안에 무슨 일을 저지를지 도무지 짐작조차 할 수 없었지요. 그래서 놈이 시키는 대로 해온 겁니다."

황형진은 최영식의 앞에 깊이 고개를 숙였다.

"장군님, 이제는 그 굴레에서 벗어나고 싶습니다! 도와주십시오! 부탁입니다!"

"결의가 대단하군요. 그렇게 탄탄한 직장을 가지고 있는데 이런 결정을 내리기가 쉽지는 않을 텐데요. 더군다나 밥줄 때문에 비리를 눈감았다면서요. 괜찮겠습니까?"

순간, 황형진이 고개를 푹 숙였다.

"사실 현재 시청 용병단에서 지하 수로 토벌전을 벌이고 있습니다. 그 토벌전에서 50명이 넘는 용병이 목숨을 잃었지요."

"토벌전이라? 그런 소리는 못 들어봤습니다만."

"당연하죠. 청년회장 그 개자식이 단독으로 벌인 일이니까요."

"으음."

"그런데 그 토벌전에 제 동생들이 참가했습니다. 용병단 일자리도 제가 알아봐 준 것이지요."

"허, 허어!"

"저는 병신처럼 놈에게 질질 끌려다니다가 핏줄을 잃은 겁니다."

"…그래서 용병단장인 청년회장에게 꼬투리가 잡힌 것이군요."

"만약 제 동생들만 아니었어도 그놈에게 이렇게 질질 끌려다니지는 않았을 겁니다. 바보같이… 저는 제가 하는 일이 동생들을 사지로 내모는 것인 줄은 꿈에도 몰랐어요."

최영식은 그가 왜 이토록 불안해 보였는지 이제야 좀 알 것 같았다.

두 동생을 잃은 황형진은 지금 제정신이 아니었던 것이다.

'두 동생을 모두 잃었으니 제정신이면 이상하지.'

황형진은 테이블에 공무원 신분증을 내려놓았다.

"만약 증인이 필요하시다면 제가 증인을 서겠습니다."

"그렇게 되면 애써 지켜온 자리를 빼앗기게 될 텐데요?"

"…어차피 우리 형제들끼리 잘 먹고 잘 살자고 시청에 들어갔던 겁니다. 이젠 필요 없습니다."

"으음."

"다만 중장님, 제가 원하는 것이 단 하나 있습니다. 혹시 제 부탁을 들어주실 수 있겠습니까?"

"말씀해 보세요."

"제 동생들의 복수를 해주십시오."

"복수라… 법의 심판을 받도록 해드리면 되겠습니까?"

"법의 심판을 받도록 해주십시오. 그리고 그놈이 지금까지 편취한 재산을 모두 제자리로 돌려놓았으면 합니다."

최영식은 흔쾌히 고개를 끄덕였다.

"알겠습니다. 이 약속, 반드시 지키겠습니다."

"감사합니다!"

모든 것을 털어놓은 황형진은 비틀거리는 걸음으로 호텔을 나섰다.

＊　　　＊　　　＊

지하 수로 안, 카미엘은 자신이 막다른 골목에 몰렸다는 것을 깨달았다.

우우우웅!

그는 자신의 앞에 있는 아공간을 바라보며 한숨을 푹 내쉬었다.

"후우, 이것 참……."

"이런 씨발! 아공간이 있는 곳 한복판에 우리를 덜렁 버려둔 거야?!"

"청년회장 이 개새끼!"

카미엘은 아공간에서 속속들이 달려 나오고 있는 몬스터들을 가리키며 말했다.

"저것들은 이제 곧 진화를 할 거야. 개체 수가 많으면 많을수록 유전자 정보가 빨리 퍼지니까 몸집도 더 빨리 커지겠지."

"그럼 영양분이 더 많이 필요하겠군."

"그러니까 목숨을 걸고 탈출을 감행한 것이지. 제아무리 크러스트시안이 바다에 사는 생물이라고 해도 이렇게 주기적으로 물보라가 치는데 바깥으로 나오는 것이 쉬웠겠어?"

"하긴, 그건 그러네."

"이제 우리는 둘 중에 하나를 결정해야 해. 이곳에서 몬스터와 싸우느냐, 물보라가 넘실거리는 저곳으로 다시 돌아가느냐."

이영훈과 박달구는 난감한 표정을 지었다.

"…무슨 선택지가 그따위야? 다른 선택지는 없어?"

"그런 것이 있었으면 진즉에 선택했겠지."

"뭐, 그건 그러네."

고민에 빠져 있던 이영훈이 결단을 내렸다.

"어차피 저 많은 몬스터를 우리가 다 죽일 수는 없잖아? 그렇지?"

"죽이는 것은 문제가 안 돼. 왜냐면 아직 그렇게 많이 진화하지는 않았으니까."

몬스터는 원래 대략 20개 정도의 종으로 이뤄져 있는데, 이것들이 진화를 거듭하여 수천, 수만 개의 다양한 종으로 분화하는 것이다.

여기서 새끼 형태의 몬스터들을 처리하면서 버티는 것은 그리 큰 문제가 아니었다.

정작 가장 큰 문제는 이곳이 막다른 골목이라는 점이다.

"아마 저 아공간 뒤로는 길이 나 있을 거야. 하지만 아공간을 뚫고 갈 수는 없어. 오히려 오체가 분리되어 죽겠지."

"그럼 어쩌자는 건데?"

"그냥 물길을 따라서 가자."

"…죽자는 거네."

"어쩔 수 없어. 이곳에서 몬스터를 사냥하면서 기다린다고 뭔 수가 나는 것도 아니잖아?"

카미엘은 그의 의견에 찬성하였다.

"팀장의 의견이 그나마 좀 낫군. 그렇게 하지."

"하지만 물보라가 치면 그냥 죽을 텐데……."

그는 고개를 저었다.

"아니, 타이밍만 잘 맞추면 살 수도 있어."

"어떻게?"

카미엘이 두 사람에게 물었다.

"지금부터 내가 뭘 하던 못 본 척할 수 있어?"

"뭔데?"

"우리가 살 수 있는 유일한 방법."

"……?"

그는 발록 블레이드를 뽑아 들었다.

스릉!

"잘 봐."

카미엘은 닫혀 있던 아공간을 열어 냉마 쿠르드의 영혼석을 소환했다.

철컥!

비록 마나서클이 깨져서 쿠르드의 능력을 100% 발현할 수는 없겠지만 순간적으로 물줄기를 얼릴 수 있을 정도의 능력은 발휘할 수 있었다.

그는 쿠르드가 빙의된 검으로 바닥을 내려쳤다.

쨍그랑!

그러자 직경 3미터 반경에 두꺼운 얼음이 얼었다.

쫘드드드드득!

"허, 허억!"

"마, 마술? 아, 아니지! 저게 도대체 뭐야?!"

"좀 신기하지?"

"이건 신기한 정도가 아니라……."

"그래서 내가 뭐라고 했어? 비밀을 지켜줄 수 있냐고 물었잖아."

두 사람은 그제야 왜 함구를 요구했는지 알 것 같았다.

"그래, 이런 일이 드물기는 하지."

"목숨을 살려준다는데 입 정도는 당연히 다물 수 있지."

"고맙군."

카미엘은 자신의 심장에 얼마만큼의 마나가 남아 있는지 확인해 보았다.

'대략 10% 정도 차 있군. 제길, 심장만 일그러지지 않았어도……'

9서클 마스터에 이른 카미엘이었기 때문에 마나를 담는 그릇이 크고 소환할 수 있는 영혼석의 종류는 많지만 그것을 유지할 수 있는 능력이 없었다.

한마디로 소형차를 몰고 다닐 수 있을 정도의 기름으로 초대형 세단을 끌고 다니는 셈이다.

아마 지금 쿠르드의 능력을 100% 다 사용하면 마나서클이 충격을 받아 소멸될 수도 있을 것이다.

'탈출이 마냥 쉽지만은 않겠어.'

그는 이곳까지 오면서 영혼 수집기를 몇 번이고 돌려보았지만 이렇다 할 레벨의 영혼은 발견되지 않았다.

한마디로 그는 지금 스스로의 힘으로 위기를 헤쳐 나가야 한다는 소리였다.

"뭐, 잘 되겠지. 일단 가보자고."

"그래."

썩 희망적인 상황은 아니지만 그렇다고 절망적인 상황도 아니었다.

카미엘은 손자와 손녀를 위해 힘을 내기로 했다.

＊　　　　＊　　　　＊

동굴에서의 체류가 이틀로 접어들었다.

저벅, 저벅.

아직까진 물줄기가 들이치지 않았지만 긴장감은 여전했다.

끼에에에에엑!

"어디서 몬스터가 우는 거지?"

"어두운데다 소리가 너무 울려서 감을 못 잡겠어. 이거 잘못하면 사방에서 몬스터가 튀어나와 기습을 당할 수도 있겠는데?"

"그런 각오는 되어 있었잖아."

"뭐, 그건 그렇지."

터질 듯한 긴장감에 숨도 제대로 쉴 수 없던 바로 그때, 전방에서 뭔가 엄청난 숫자의 발소리가 들려왔다.

두구두구두구!

사사사사삿!

카미엘은 에고소드를 바짝 쥐었다.

"온다."

"제기랄!"

그는 동료들에게 위치를 지정해 주었다.

"내가 전방, 팀장이 후방, 달구가 측방!"

"오케이!"

사전에 합을 맞춰본 것도 아닌데 두 사람은 카미엘의 지시에 따라 재빨리 움직였다.

순식간에 진형을 갖춘 세 사람은 크게 심호흡을 했다.

"후우!"

"왔다!"

카미엘이 자신의 앞을 덮쳐오는 몬스터 무리를 향해 검을 휘둘렀다.

"아이스 웨이브!"

파바바바박!

검은색 얼음의 물결이 전방으로 나가면서 거대한 얼음의 언덕을 만들어냈다.

몬스터의 물결은 아이스 웨이브에 온몸이 찢겨 나갔다.

촤라라락!

푸하악!

"지금이다!"

"사격해!"

두두두두두두!

첫 번째로 달려든 몬스터는 곤충의 날개가 달린 개 형태의 괴물로 지글링턴이라는 이름을 가지고 있었다.

이놈들은 딱딱한 껍질을 가지고 있으며 날개가 있지만 날아다닐 수 없다는 특징이 있었다.

90cm의 작은 키를 가지고 있지만 행동이 빠르고 150마리 이상 무리를 지어 다니기 때문에 상당히 위협적인 존재로 손꼽힌다.

카미엘의 아이스 웨이브에 맨 앞줄의 50마리가 목숨을 잃었으나 그 뒤의 지글링턴은 새빨간 눈을 반짝이며 득달같이 달려들었다.

크헤에에에엑!

다행히도 지글링턴은 화약에 약했기 때문에 소총으로 놈들을 제거하기가 아주 수월했다.

순식간에 100마리가 넘은 지글링턴이 숨을 거두었지만 그 뒤를 이어 도무지 끝을 알 수 없는 행렬이 이어졌다.

"제기랄! 무슨 지글링턴이 이렇게 많아?!"

"바로 코앞에 아공간이 있으니까. 아마 저 행렬은 우리가 죽어서 없어지지 않은 한 계속될 거야."

"빌어먹을!"

카미엘이 다시 공격을 준비하는데, 일순간 땅이 흔들리기 시작했다.

쿠그그그그그!

"물이 들이칠 모양이다!"

"이쪽으로 붙어! 어서!"

끼에에에엑!

몬스터들이 계속해서 들이닥치고 있는데 카미엘은 등을 돌려 후방을 바라보았다.

"엄호해 줘!"

"알겠다!"

동료들이 달려드는 몬스터를 처치하고 있을 무렵, 카미엘은 자신의 코앞까지 달려온 거대한 파도를 맞이했다.

"프리징 샷!"

핑!

한 줄기 검은색 빛줄기가 날아가더니 이내 파도의 한 부분을 꽝꽝 얼려 버렸다.

쫘드드드득!

카미엘은 그 이후 자신의 발아래에 검을 꽂았다.

콰앙!

그의 주변 3미터 안에 있는 물이 두껍게 얼어서 세 사람이 파도를 탈 수 있을 정도가 되었다.

쏴아아아아아!

"물이 들어온다! 얼음 위로 올라와!"

"오케이!"

카미엘은 얼음 위로 올라선 후 검으로 바닥을 다시 한 번 내려쳤다.

까앙!

그러자 얼음이 하늘 위로 튕겨져 올라가 파도 위로 내려앉았다.

쾅!

"돼, 됐다!"

"세상에, 내가 살면서 지하 수로에서 파도타기를 다 해보네."

"원래 인생이라는 것이 그런 것 아닌가? 이 기회에 좋은 경험한다고 생각해."

"클클, 아주 긍정적이라서 좋군."

파도가 한바탕 몰아치자 몬스터들이 물에 빠져 허우적거리다 죽어나갔다.

바다에 서식하는 몬스터가 아닌 이상 수영을 지독하게도 못하는 몬스터들이다.

덕분에 카미엘과 동료들은 이곳에서 목숨을 건질 수 있게 되었다.

제6장
악수

대략 10분 후, 파도가 다시 사그라지고 주변은 몬스터들의 시신으로 넘쳐났다.

카미엘은 검으로 그것을 모두 다 흡수해 버렸다.

뚜두두두둑!

그는 몬스터의 심장만 남겨서 동료들에게 주었다.

"내가 원래 식성이 좀 특이해. 힘을 많이 썼더니 배가 고프군."

"마음껏 먹어. 우리는 심장만 있으면 되니까. 자네 것도 챙겨둘게."

"고맙군."

지금 이곳에 널린 몬스터의 심장만 팔아도 집을 한 채는 살 수 있을 정도였다.

동료들은 어느새 카미엘을 따라다니는 보조를 자처하고 있었다.

"어이, 물통."

"……?"

"이참에 대장을 바꾸는 것이 어때? 원래 무리에서 제일 똑똑한 놈이 대장을 하는 것이 좋잖아?"

카미엘은 고개를 저었다.

"대장이고 뭐고 그냥 다 같이 가는 거지. 그리고 난 어느 한 조직의 수장이 되는 것은 딱 질색이야. 그게 작은 분대라고 해도 말이야."

"그래도 대장이라고 부를게. 계속 물통이라고 부를 수는 없잖아?"

"뭐, 부르는 것은 너희들 마음이니까 좋을 대로 해."

"그래, 대장."

얼추 호칭 정리가 끝나고 난 후 일행은 상황 파악에 나섰다.

"그나저나 여긴 어디쯤일까?"

"오면서 보니 갈림길이 20개쯤 나온 것 같던데, 이쯤 되면 거의 다 온 것 아닐까?"

"부디 그러길 바라야지."

카미엘은 빛의 정령 위스프의 영혼석을 검에 빙의시켰다.

"위스프!"

끼이이이잉!

위스프가 거대한 구체를 만들어내자 주변이 환해졌다.

"…왜 진즉에 이렇게 하지 않았어?"

"몬스터가 있으면 시야만 확보해 주는 꼴이 되니까."

"반박을 못 하겠군."

주변이 밝아지고 보니 동굴 곳곳에 있는 삼척시 로고 마크가 보인다.

이영훈은 이곳이 어디인지 어렵지 않게 알아냈다.

"이런 씨발. 이제 보니 여기가 지하 수로였네."

"지하 수로?"

"얼마 전에 삼척시에서 용수 확보한다고 공사를 했잖아. 그때 나도 잠깐 품을 판 적이 있어. 그때 본 로고들이 여기에 있네."

"허, 허어!"

"그런데 지하 수로에 왜 물이 없어?"

"아마 펌프가 고장 난 것 아닐까? 관리 자체를 못 하니 펌프가 고장 나도 어쩔 도리가 없지. 더군다나 이곳은 몬스터가 계속 기어 나오는 곳이니 펌프가 멀쩡할 리가 없지."

"그나저나 이곳에 왜 몬스터가 창궐한 것일까? 이 정도면 공사를 할 때 이미 알고 있지 않았을까?"

"아공간은 그냥 아무렇게나 막 나타나는 것이니 추후에 생겼을 수도 있지."

"뭐, 그건 그렇겠군."

두런두런 얘기를 나누면서 앞으로 걸어가다 보니 금세 목적지에 닿은 세 사람이다.

그런데 문제는 입구가 콘크리트로 막혀 버렸다는 것이다.

"이, 이런 씨발! 이건 또 무슨 엿 같은 경우람?"

"어떤 새끼가 작정하고 입구를 막은 것 같아."

"…청년회장이 막은 거야. 그 새끼는 처음부터 몬스터가 창궐한 것을 알고 있던 거지."

"개자식이로군."

입구가 막혔다는 것은 이곳을 파괴시켜서 나가거나 왔던 길을 되돌아가야 한다는 소리였다.

카미엘은 앞길이 막막했다.

"제기랄, 도대체 어떻게 나간담?"

"만약 벽이 두껍지 않으면 파괴시킬 수 있지 않을까? 우리에겐 수류탄도 지급되었잖아."

"그래, 해볼 수 있는 데까진 해봐야지."

세 사람이 수류탄으로 입구를 폭파시켜 보려는데 후방에서 또 한 번의 파도가 밀려왔다.

쿠그그그그그!

"또 시작이군."

"어쩌지? 지금은 샛길도 없는데 말이야."

"아마 이곳까지 오기 전에 멈추겠지."

"그렇지 않다면?"

"…죽는 거지, 뭐."

파도를 탈 공간도 안 나오는데 물줄기가 들이닥치면 꼼짝없이 죽을 수도 있었다.

카미엘은 재빨리 주변을 살폈다.

주변은 수많은 파이프라인과 전기 설비가 되어 있었기 때문에 끈만 제대로 매달아도 죽지는 않을 것 같았다.

"파이프에 몸을 묶자. 그럼 살 수도 있어."

"그래, 그렇게라도 해야지."

카미엘과 동료들이 파이프에 몸을 묶고 있는데, 드디어 올 것이 오고야 말았다.

쿠오오오오오!

"와, 왔다!"

"준비해!"

최대한 높은 지대로 올라가 몸을 묶은 일행은 파이프를 꽉 잡았다.

그러자 그들의 눈앞으로 물이 들이치기 시작했다.

솨아아아아아!

"휴, 다행이야. 물줄기가 낮아."

"그나마 다행이라고 해야 하나?"

물줄기가 높지는 않았지만 이번에는 물줄기가 잔잔하게 그들의 발아래를 채우고 있었다.

"좋아, 일단 목숨은 건진 셈인가?"

바로 그때, 카미엘은 물속에서 뭔가 등불 같은 것이 움직이는 것을 발견하고 화들짝 놀라 소리쳤다.

"이, 일렉카둠이다!"

"허, 허억! 그런 심해 생물이 왜 이곳까지……?!"

일렉카둠은 아주 거대한 아귀의 형태를 가지고 있는데, 대가리에 사람 몸통만 한 구체를 매달고 다닌다.

이놈들은 닥치는 대로 생명체들을 먹어치워 바다의 청소부로 악명이 높았다.

하지만 이놈들이 무서운 이유는 따로 있었다.

쨔지지지지직!

"저, 전기를 막 쏘는데?!"

"일렉카둠이니까!"

일렉카둠은 100만 볼트에 달하는 엄청난 전류를 흘려보내

사방 천지를 불태우고 다닌다.

만약 카미엘 일행이 파이프라인에 매달려 있지 않았다면 지금쯤 벌써 황천길로 갔을 것이다.

"제기랄, 산 너머 산이로군."

"대장, 이젠 어쩌지?"

"일단 이곳에서 버틸 수 있는 데까지 버텨봐야지. 물이 또 빠지고 나면 이놈들은 반드시 죽을 테니까."

카미엘 일행은 파이프라인에 매달린 채 지하 동굴에 갇힌 신세가 되고 말았다.

*   *   *

이른 아침, 최영식이 헌병대 병력 200명을 동원하여 정라항을 찾았다.

최영식은 아직도 공사가 한창인 정라항 보수 작업을 중단시켰다.

"군사작전입니다. 협조해 주시지요."

"아직 공사가 안 끝났는데……."

"이곳은 군사작전이 벌어지면 모든 통제권이 군에게로 돌아옵니다. 아실 텐데요?"

"…알겠습니다."

헌병대는 공사장에 쳐져 있는 안전 펜스를 뜯고 들어가 아직 마르지 않은 콘크리트 주변의 사진을 마구 찍어대기 시작했다.

찰칵, 찰칵!

바로 그때, 저 멀리서 한 무리의 건달들이 몰려왔다.

"어이, 아저씨들! 여긴 우리 구역이야!"

"…건달?"

"야, 밀어버려!"

"와아아아아아아!"

최영식을 비롯한 군인들은 황당해서 입을 떡 벌리고 있을 수밖에 없었다.

이 사건에 건달이 개입되어 있다는 것은 알고 있었지만 이렇게 대담하게 군사작전을 방해할 줄은 꿈에도 몰랐다.

그는 득달같이 달려드는 건달들을 향해 외쳤다.

"군사작전입니다! 다시 한 번 경고하지만, 군사작전을 방해하면 반역 행위로 간주하고 사살합니다!"

"이런 씨발! 그래, 죽여라! 아이고, 사람들! 군인들이 시민을 죽인답니다!"

"……."

8군단 헌병대 참모 이석명 중령은 최영식에게 작전을 취소할 것을 요청하였다.

"장군, 이대로는 작전을 속행할 수가 없습니다! 일단 경찰의 협조를 구한 다음에 일을 진행하시는 것이……."

"어차피 경찰에도 프락치가 있다. 지금 마무리 짓지 못하면 우리는 결국 아무것도 할 수 없게 된다."

최영식은 포켓에서 권총을 꺼내 들었다.

철컥.

그는 가장 앞줄에 있는 건달의 바로 앞에 총탄을 쏘아냈다.

타앙!

"허, 허억!"

"이, 이런 씨발! 진짜 쐈어?!"

"군사작전에서 공포탄을 사용하는 경우는 없다. 열두 발 모두 실탄이다. 다시 한 번 달려들면 즉각 사살한다. 전군, 장전!"

헌병대는 최영식의 명령에 따라 전부 권총을 뽑아 들었다.

철컥!

"달려들면 사격하라! 뒤는 내가 책임진다!"

"자, 장군!"

"뭐 하나? 자네는 우리 군사 아니야?!"

"예, 예!"

최영식의 호통에 퍼뜩 정신을 차린 이석명이 권총을 뽑아 들었다.

이제 200명 모두 실탄을 장전하고 있는 상태이니 한 발자국만 더 달려왔다간 피바람이 불게 될 것이다.

현재 대한민국에는 군대가 작전을 펼칠 때 해당 관할동이 모두 군의 지휘 아래 들어오도록 지정되어 있었다.

또한 작전을 방해하는 세력이 있다면 전원 사살하도록 법이 개정되었다.

실제로 폭도들이 군사작전을 방해했다가 군에게 총을 맞고 줄줄이 병원 신세를 진 사례도 있었다.

법으로 지정된 발포법은 한때 인권 단체의 반발을 얻기도 했지만 대법원과 군대는 입장을 바꾸지 않았다.

만약 지금 권총으로 건달들을 쏘아 죽인다고 해도 법적으로 절대 책임을 물을 수가 없었다.

또한 최영식은 이제 군부에서 꽤 입지가 굳은 사람이었음으로 군부에서 그를 건드릴 수 있는 사람도 별로 없었다.

한마디로 최영식이 무서워해야 할 사람은 선량한 국민뿐이라는 소리였다.

"군 작전은 국가에서 주관하는 것이다! 너희들은 지금부터 우리나라 국민이 아니다! 우리는 국민의 재산과 생명을 보호해야 하는 군인이다! 폭도는 용서하지 않는다!"

"제, 제기랄!"

막상 총을 들이대는데 죽자 사자 달려들 수 있는 사람은 아마 없을 것이다.

건달들이 잠시 주춤하고 있는 사이, 최영식의 뒤로 8군단 소속 보병들이 줄을 지어 달려왔다.

"열 맞춰!"

척척척척!

무려 두 개 중대의 병력이 완전무장을 한 채로 달려오니 건달들은 놀라지 않을 수 없었다.

"이, 이런 씨발!"

"아주 작정을 하고 왔네! 형님, 그냥 도망치는 편이 나을 것 같은데요?! 권총도 아니고 소총에 기관총입니다!"

"제기랄!"

보병들은 순식간에 주변을 장악하고 통제하기 시작했다.

"폭도들은 무기를 버리고 투항하라! 그렇지 않으면 즉각 사살하겠다!"

철컥!

보병 240명에 헌병대 200명까지 더해 무려 440명의 병력이 운집해 있으니 제아무리 날고 기는 건달이라고 해도 어쩔 도리가 없었다.

잠시 후, 보병들 뒤로 공병대대와 8군단 포병여단이 자주포와 견인포를 끌고 나타났다.

이제 헌병들은 이곳을 보병들에게 맡기고 주변 정리에 나섰다.

헌병대는 불안에 떨고 있는 주민들을 진정시키고 몬스터 토벌전이 열린다고 이실직고하였다.

"모두 집으로 들어가십시오! 이곳은 이제 1군사령부가 통제합니다! 곧 몬스터 토벌전이 열릴 예정이니 문을 닫고 나오지 마십시오!"

공병대는 군단사령부에서 가지고 온 높이 10미터의 안전벽과 안전망을 펼쳐 작전지역을 완전히 고립시켰다.

포병은 민가에서 다소 떨어진 고지대에서 사격 대기에 들어갔다.

ㅡ여기는 포병여단, 지금부터 방렬에 들어간다.

ㅡ알겠다. 지상에서의 작업이 끝나는 대로 연락하겠다.

ㅡ입감.

공병대는 군용 크레인과 굴삭기를 가지고 와서 굳게 닫혀 있는 공사 현장의 콘크리트를 마구 때려 부수었다.

다다다다다다!

콰앙!

강철판을 걷어내고 콘크리트를 없애고 나니 수십 개의 구멍이 모습을 드러냈다.

"사진병, 어서 사진 찍어."

"예!"

찰칵, 찰칵!

몬스터가 나온 구멍을 사진으로 찍고 난 후 보병 병력에 섞여 있던 건축구조물 전문가가 걸어 나왔다.

"장군, 8군단 소속 김예준 중위입니다."

"그래, 자네가 보기에 이곳은 뭐 하는 곳인 것 같은가?"

"지형 정보와 공사 정보로 미뤄봤을 때 아무래도 지하 수로와 연결되는 곳 같습니다."

"그렇지?"

최영식은 아직도 군사들과 대치 중인 건달들에게 말했다.

"들었나? 이곳이 지하 수로와 연결된다고 하는군. 그렇다면 지금 지하 수로는 몬스터의 소굴이라는 뜻이지."

"……?"

"헌병, 저놈들을 체포해라!"

"예!"

"뭐, 뭐야?! 왜 이래?!"

"작전지역에서의 방해 행위와 몬스터 출몰 지역에서의 비정상 행위로 체포한다. 너희들은 이제 중앙군부 군법 재판소로 넘겨져 처벌을 받게 될 것이다."

"허, 허어!"

몬스터 출몰 지역에서 작전이 진행 중이거나 출몰 지역으로 의심되는 곳에서 작전이 벌어지고 있을 때 방해 행위를 벌이거나 수상한 행동을 하는 것은 군법에 위배되는 행위다.

군사 통제 지역에서 위법 행위는 사법이 아니라 군법의 재판을 받도록 5년 전부터 법이 개정되어 있었다.

그러니 건달들은 이제 중앙군부로 끌려가 재판을 받고 그곳에서 형량이 결정될 것이다.

건달들은 붙잡히지 않기 위해 몸부림을 쳤다.

"이런 씨발! 도망쳐!"

"하, 하지만 형님! 이곳으로 야포가 포구를 겨누고 있습니다! 이젠 총이고 뭐고 그냥 죽는 겁니다!"

"제기랄!"

군의 형량은 사법에 비해 상당히 엄격하기 때문에 잘하면 감옥에서 몇 년 동안 나오지 못할 수도 있었다.

헌병대에게 건달들을 보내 버린 최영식은 보병들과 함께 몬스터가 나온 구멍 안으로 들어가기로 했다.

"포병들은 고지대에서 대기하고 보병들은 나를 따른다!"

"예!"

그는 부관이 가지고 온 전투 장비를 착용한 채 병력을 직접 이끌었다.

*　　　*　　　*

같은 시각, 시청에선 난리가 나 있었다.

군사들이 몬스터가 출몰한 지역을 장악하고 그곳에서 군사 행위를 벌이고 있다는 제보를 받은 것이다.

하동칠은 당장 조필규에게 전화를 걸었다.

—예, 시장님.

"이런 씨발! 일을 도대체 어떻게 처리하는 거야?!"

—설마하니 저 미친 쓰리 스타가 난리를 칠 줄은 몰랐습니다. 지금 직접 지하 수로로 들어갔답니다. 잘못하면 우리 모두 다 죽습니다.

"뭐, 뭐야?!"

최영식이 직접 군사를 이끌고 지하 수로로 들어간 것은 시청을 압박하여 사건을 크게 벌이려는 의도였다.

시청에서 관리하는 일반 지하 수로로 3성 장군이 직접 군사들을 이끌고 들어갔다가 만약 봉변이라도 당하는 날엔 시청이고 시의회고 전부 목이 달아날 것이다.

용수가 부족하다면서 억지로 공사를 끝마쳐 놓았더니 애꿎은 장성과 병사들이 들어가 죽었다면 정부는 가만히 있을 수가 없을 것이다.

만약 그때 군부에서 의회를 압박하기라도 한다면 시청과 시의회는 더 이상 버틸 수가 없게 된다.

"이런 씨발 놈! 처음부터 노리고 이 짓을 벌인 거야!"

─아무튼 저는 할 만큼 다 했습니다.

"…뭐라? 이 건달 새끼가 지금 어느 안전이라고 감히 발을 빼려 해?!"

─그럼 어쩝니까? 부하들 죄다 잃고 손가락 빨게 생겼는데 계속 당신 곁에 있으라고요? 내가 미쳤습니까?

"이런 분수도 모르는 새끼! 진짜 뜨거운 맛을 한번 봐야겠어?! 거두어주고 먹여주었더니 나를 물어?!"

─그래, 나 개새끼다. 개새끼라서 은혜 같은 것은 몰라. 그리고 이 후레자식아, 내가 네 개새끼냐? 왜 자꾸 이래라저래라 지랄이야?

"이, 이, 이……!"

─끊는다. 다시는 나를 찾지 마라.

결국 전화는 끊어졌고, 하동칠의 의성의 끈도 끊어졌다.

"으하하, 하하하하하!"

그는 실성한 사람처럼 폭소를 터뜨렸다.

시청이 한바탕 뒤집어질 때쯤, 시의회 역시 난리가 나 있었다.

"제기랄, 뭘 어떻게 했으면 일이 이 지경까지 온 겁니까?! 입단속 잘 시키라고 몇 번을 말해요?!"

"죄송합니다, 의장님. 저는 잘 한다고 했는데……."

시의회 의장 석명환은 성민교에게 의절을 표했다.

"스스로 자진하세요. 안 그럼 다 죽어요."

"…나더러 혼자 총대를 메라고요?"

"그게 싫으면 지금까지 당신이 해 처드신 뇌물과 공금은 다 토해내야 할 겁니다."

"……."

"자, 어떻게 하시겠어요?"

석명환은 지금까지 성민교가 시의회에 있으면서 챙긴 부당 이득에 대한 장부를 가지고 있었다.

이제 성민교가 자수하지 않으면 그의 집안은 몰락의 길을 걷게 될 터였다.

"평생 거지새끼처럼 살고 싶다면 마음대로 하세요. 그게 아니면 내 말을 순순히 듣는 것이 좋고요."

"이런 씨발……."

"씨발? 지금 내게 욕을 한 겁니까?"

성민교는 잠시 이성의 끈을 놓았다가 이내 무릎을 꿇었다.

쿵!

"죄송합니다! 제가 한순간 머리가 어떻게 되었나 봅니다!"

"그래요, 제정신에 그런 미친 짓을 할 수는 없지요."

"……."

"아무튼 노후는 제가 아주 잘 보장해 드릴게요. 외국에서 편안히 몇 년 살다가 들어오세요."

"예, 알겠습니다."

성민교는 한동안 바닥에 납작 엎드려 일어나지 않았다.

*　　　　*　　　　*

지하 수로 끄트머리에 매달려 무려 반나절이나 버틴 카미엘과 그 일행은 이제 한계에 부딪쳐 있었다.

카미엘은 멀쩡했지만 두 동료가 지쳐 더 이상 버틸 힘이 없어진 것이다.

"…대장, 아무래도 안 되겠는데? 그냥 혼자 나갈래?"

"그런 말도 안 되는 소리 하지 마라. 버텨. 죽자 사자 버티란 말이야."

"하지만……."

이틀이 넘게 물이고 밥이고 한 입도 먹지 못한 데다 극심한 스트레스로 인해 체력이 아예 고갈된 두 사람이었다.

만약 이대로 조금만 더 지난다면 탈수로 인해 죽고 말 것이다.

카미엘은 결단을 내렸다.

"내가 물을 빼낼게."

"물을 빼낸다고?"

"어차피 이 지하 수로, 더 이상 못 쓰는 것 아니야? 그럴 바엔 바닥을 무너뜨리자."

"하지만 이제 그럴 힘은 없다면서?"

"미안하지만 너희들이 가진 몬스터 심장을 좀 나눠줘. 그럼 살 수 있어."

두 사람은 흔쾌히 몬스터의 심장을 건넸다.

"이깟 심장이 뭐가 중요해? 어차피 죽으면 돈이고 뭐고 다 소용이 없는데."

"그래, 잘 생각했어."

카미엘은 에고소드에 먹이를 주었고, 그 먹이는 다시 심장으로 되돌아왔다.

뚜두두둑!

"으하……!"

심장이 빠르게 회복되면서 그의 마나서클이 두 개나 회생되었다.

"좋아, 이 정도면 죽지는 않겠어."

카미엘은 검에 다크나이트의 영혼을 불어넣었다.

스스스스스!

다크나이트는 그림자를 자유자재로 다루는 몬스터로, 최상급 몬스터 중에서도 1, 2위를 다투는 놈이다.

크르르르르릉!

"가자."

다크나이트는 아주 잠깐이지만 자신의 몸에 닿는 모든 공격을 반사시키는 능력을 가지고 있다.

그렇기 때문에 바닥을 무너뜨릴 때까진 어떻게든 버틸 수 있을 것이다.

일렉카둠은 자신이 원하는 먹이가 떨어져 내리자 당장 전기를 뿜어냈다.

콰지지지지지직!

카미엘은 다크나이트의 능력을 개방하였다.

"쉐도우 쉴드!"

쉬이이이익!

그의 몸을 새까만 그림자가 감싸더니 이내 전기가 튕겨 나가 일렉카둠의 몸을 달궜다.

콰지지지직!

크헥!

제아무리 전기에 강한 내성이 있다곤 해도 마력이 섞인 전기를 맞으면 잠깐 주춤할 수밖에 없다.

카미엘은 그 틈을 타서 바닥을 힘껏 내려쳤다.

"어스퀘이크 쇼크!"

콰앙!

다크나이트의 고유 능력 중에는 중력을 가속화시키는 능력도 있기 때문에 지진을 일으키는 마법을 부릴 수 있다.

아주 작지만 지진이 일어나 바닥이 주저앉았다.

쿠르르르르르!

그는 이때에 맞춰 곧바로 천장까지 뛰어올랐다.

파밧!

그러자 물이 빠르게 빠지면서 일렉카둠들이 소용돌이에 휘말려 죽어나갔다.

촤라라라락!

"좋았어!"

"서, 성공이다!"

"살았다! 살았어!"

카미엘은 이제 살아남은 일렉카둠들을 검으로 찔러 죽였다.

퍼억!

푸하아아아악!

일렉카둠을 죽이면서 그 시체는 취하고 심장만 남겨서 돈벌이까지 하니 동료들의 입이 귀에 걸렸다.

"헤헤, 우리 몫도 있지?"

"1/3로 똑같이 나눈다."

"와아아아아!"

한창 축제가 벌어지고 있을 무렵, 저 멀리서 진동이 느껴졌다.

쿠그그그그그!

"또, 또……?!"

"아니야. 이번에는 반대야."

잠시 후, 꽉 막혀 있던 동굴의 입구가 뚫리면서 시원한 바람이 불어왔다.

콰앙!

휘이이이이잉!

"거기 누구 있습니까?!"

"사람 있어요!"

"예, 여기 사람 있습니다!"

구멍을 뚫고 들어온 사람들은 다름 아닌 군인들이었다.

"괜찮아요?"

"네, 그럭저럭."

"다행이군요. 이곳에 몬스터가 창궐한다고 하던데, 사실입니까?"

"일단 나가서 얘기하시죠. 여기서 할 얘기는 아닙니다."

"그럽시다."

카미엘은 군인들과 함께 지상으로 향했다.

제7장

만남

삼척의 해안가에 찬바람이 불어오고 있다.

쏴아아아아!

해안가 방파제 위에 올라선 카미엘과 최영식은 석양을 바라보며 담배를 피우는 중이다.

"후우, 맛이 괜찮습니까? 한국 담배는 아니라서."

"뭐, 나쁘지는 않군요."

최영식은 카미엘에게 이번 토벌 작전에 대해서 물었다.

"듣기론 용병으로 참전했다가 동료들이 다 죽고 세 명만 살아남았다고 하더군요."

"운이 좋았습니다."

"운이라… 뭐, 모든 전투에는 운이 따라야 하게 마련이지요. 하지만 그 운은 실력에서 비롯되는 겁니다. 실력이 없으면 요행을 바랄 수도 없지요."

그는 카미엘에게 크러스트시안 사건과 이번 지하 수로 사건을 예로 들었다.

"아무리 운이 좋다고 해도 혼자서 그 많은 몬스터를 해치운 것은 설명이 불가능합니다."

"궁금하신 것이 뭡니까?"

어울리지 않게 말을 빙빙 돌리던 최영식이 단도직입적으로 말했다.

"그래요, 이렇게 말을 돌리는 것은 제 적성에 맞지 않습니다. 솔직히 말씀드리지요. 이번 지하 수로 아공간 해체 작업에 동참해 주십시오."

"저에게 다시 용병단에 들어가란 말입니까?"

카미엘은 고개를 가로저었다.

"한 번 뒤통수를 맞은 사람에게 다시 그 조직에 들어가라고 말하는 것은 좀 억지 아닙니까?"

"용병단에 들어가 달라는 말이 아닙니다."

"……?"

"대한민국 육군 편제에는 군단급 이상 부대에 용병 부대를 둘 수 있게 되어 있습니다. 아직까지 우리 1군사령부 예하에는 이렇다 할 용병 부대가 없습니다다만, 법적으로는 편제가 가능합니다."

"그러니까 대한민국 육군 소속으로 일을 해달라는 말입니까?"

"소속이라고 하긴 좀 뭣하지요. 직속 부대가 아니라 계급이 없는 용병 부대니까요. 뭐랄까요, 이를테면 국군 직영 용병이랄까요?"

"직영 용병이라……."

"직영 용병의 장점이라면 시청에서 거두어가는 세금이나 판매 대금의 수수료 등이 없다는 것입니다. 버는 족족 모두 당신이 가지고 가는 것이지요."

"오호, 그것참 마음에 드는군요."

"단, 계약 기간이 있습니다. 군에서 정한 계약 기간은 3년. 3년이 지나면 다시 재계약에 대한 협상을 하게 되어 있지요."

"하지만 왜 하필 저입니까? 이 세상에는 용병이 차고 넘칠 텐데요?"

최영식은 카미엘의 질문을 한마디로 일축시켰다.

"제가 본 용병 중에서 당신이 최고니까요."

"그렇게 단언할 수 있는 이유는……."

"크러스트시안을 일도양단하는 영상을 보았습니다. 화질이 별로 좋지는 않았지만 당신의 화려한 사냥 솜씨가 그대로 녹화되어 있더군요."

"흠."

"더군다나 이번 지하 수로 사건도 그렇습니다. 그 엄청난 몬스터들 틈바구니에서 살아남았다는 것은 기적이나 마찬가지입니다. 이런 용병이 또 어디 있겠습니까?"

"하지만 저는 신분도 불확실하고 이름도 모르는 무지렁이입니다. 만약 제가 범죄자라면 어떻게 하시겠습니까?"

"용병의 과거는 묻지 않습니다. 그게 우리 군의 불문율입니다."

카미엘은 그의 대답이 참으로 마음에 들었다.

"자잘한 것은 필요 없다는 뜻이로군요."

"용병은 그저 사냥만 잘하면 됩니다. 계약 기간 동안 우리가 의뢰하는 사건만 제대로 해결해 준다면 문제될 것이 전혀 없지요."

"심플해서 좋군요."

"이것저것 따지면 일 못 합니다. 그렇게 지지부진하게 탁상공론이나 하고 있을 바엔 아공간 하나라도 더 무너뜨리는 것이 낫지요."

최영식은 실리를 잘 따질 줄 아는 사람이었다.

만약 그가 고지식해서 앞뒤가 꽉 막힌 사람이었거나 부패

한 군벌이었다면 지금과 같은 결단은 내리지 못했을 것이다.

"어떠십니까, 사설 용병단을 조직하시는 것이?"

"그럼 우리의 뒤는 장군께서 봐주시는 겁니까?"

"당신의 뒤는 우리 국방부가 봐드립니다."

카미엘은 조건을 하나 내걸었다.

"뭐, 좋아요. 그럼 우리가 사설 용병단을 조직하는 대신 조건이 두 개 있습니다."

"말씀하시죠."

"전속 계약은 좀 힘들겠습니다."

"으음, 묶이는 것을 싫어하는 모양이군요."

"사건은 매번 받아들입니다. 다만 전속 계약으로 묶이는 것은 반대입니다. 만약 저를 옭아맬 작정이라면 그냥 명태 할복장에서 일하고 말겠습니다."

최영식은 아주 시원하게 고개를 끄덕였다.

"좋습니다. 그런 조건이라면 어렵지 않게 들어드릴 수 있지요."

"그래도 괜찮겠습니까?"

"군인은 한 입으로 두말 안 합니다."

"또한 우리 용병단이 하는 일에 대해선 비밀이 보장되어야 합니다. 저는 시끄러운 것은 딱 질색입니다."

"알겠습니다. 그 말은 제가 꼭 책임지겠습니다."

군인이 군인다운 것은 어쩌면 당연한 일이지만 이 세상에 군인이 진짜 군인답기도 그리 쉬운 일은 아니다.

최영식은 배포가 크고 그릇이 넓은 진짜 장군감이었다.

카미엘은 그런 그가 마음에 들었다.

"같이 일해봅시다."

"우리 제안을 받아들이는 겁니까?"

"전속 계약이 아니라는데 못 할 이유가 없지요."

이로써 카미엘의 이름을 단 용병단이 조직되었다.

*　　　*　　　*

다음 날, 카미엘의 신분이 만들어졌다.

사설 용병단을 조직하자면 주민등록번호가 필요하니 국방부에서 행정부에 공식적으로 요청하여 카미엘의 주민등록을 만들어낸 것이다.

김두이라는 이름으로 주민등록을 내어 두 쌍둥이를 카미엘의 호적에 입적시켰다.

이로써 카미엘은 드디어 대한민국에서 떳떳하게 살아갈 수 있는 신분이 생긴 것이다.

최영식은 직접 국방부에 건의하여 카미엘의 사설 용병단을 조직하고 정식으로 용병단 등록번호까지 받아냈다.

이른 아침부터 카미엘의 집을 찾아온 최영식의 부관이 카미엘에게 용병단 등록증을 건넸다.

"김두이 씨 앞으로 용병단이 등록되었습니다. 지금부터 김두이 씨가 지정하는 곳이 용병단의 사무실이 되는 겁니다."

등록증은 카미엘이 직접 빈 칸을 채워 넣어 동사무소에 제출하도록 되어 있었다.

카미엘은 용병단의 본거지를 자신의 집으로 해두었다.

"일단 이곳을 사무실로 삼겠습니다."

"알겠습니다. 앞으로 거처를 옮기시게 되면 저희 쪽으로 연락을 주십시오. 그래야 사건을 의뢰할 때 문제가 생기지 않을 테니까요."

"그렇게 하겠습니다."

최영식의 부관 유하진 대위는 이어 카미엘에게 서류 뭉치를 건넸다.

"그럼 이제 용병단이 조직된 것으로 알고 첫 번째 의뢰를 드려도 되겠습니까?"

"이게 의뢰서입니까?"

"예, 자세한 내용이 들어 있습니다. 그 전에 제가 먼저 간단히 설명을 드리지요."

유하진은 카미엘에게 작전지역과 개요에 대해 설명하였다.

"익히 알고 계시다시피 삼척시 지하 수로에는 문제가 많습니다. 산발적으로 물이 들이치고 몬스터가 아공간을 타고 계속해서 창궐하고 있지요. 따라서 이곳을 완전히 폐쇄시키고 몬스터의 유입을 미연에 차단하는 것이 옳다고 판단됩니다. 하여 우리 1군사령부에선 단장님께 아공간 무력화 작전을 요청하는 바입니다."

"아공간 무력화라……."

"아공간은 고밀도 자기장치와 초고압력 전기 충격기로 제거할 수 있습니다. 아공간을 구성하고 있는 마이너스 에너지는 자기장과 고출력 전기에 약한 면이 있습니다. 그래서 고밀도 자기장치를 이용하여 아공간을 약화시키고 그 안에 전기 충격을 가하여 공간을 폐쇄시켜 버리는 것이지요."

"으음, 그런 방법이?"

"이 방법을 고안하는 데 5년이 걸렸습니다. 물론 운이 나빴다면 아직도 아공간을 파괴하지 못해서 지구가 멸망했을 수도 있겠지요. 한마디로 인류는 억세게 운이 좋았던 겁니다."

카미엘은 유하진의 말에 전적으로 동의하였다.

그의 고향에선 초고도 마도문명이 번성하였으나 아공간을 파괴할 수 있는 기술 기반이 전혀 마련되어 있지 않았다.

초자연현상이 초자연현상을 막아내는 데 적합하지 않았던 것이다.

"과학이라는 수단이 아주 좋기는 좋군요."

"인류 발전의 시작과 끝이라 할 수 있지요."

유하진은 카미엘에게 보수에 대해 설명하였다.

"이번 작전에는 유엔군 산하 아공간 연구소에서 전문 인력이 들어옵니다. 그들과 함께 연계하여 작전을 펼치는 조건으로 총 견적 3억을 제시하는 바입니다."

"3억이라… 시청 용병단에 비해 왜 이렇게 가격이 센 겁니까?"

"이건 자잘한 몬스터를 상대하는 일과는 차원이 다릅니다. 아공간을 무력화시키는 데 들어가는 인력은 원래 최상의 대우를 받습니다. 그것이 업계의 관례지요."

"좋은 관례군요."

"보수를 드리고 난 후 몬스터의 부산물은 전부 용병단에게 귀속됩니다. 이게 원래 약속한 조건 맞지요?"

"잊지 않으셨군요."

"계약은 계약입니다. 군인이 계약을 어기면 되겠습니까?"

아주 좋은 조건에 계약을 맺은 카미엘은 일정을 조율하였다.

"전문 인력은 언제 도착합니까?"

"장비를 싣고 내일 오후에 도착한다고 합니다. 그 사람들도 정비를 해야 하니 다음 날 오전에 작전을 시작하는 것으로 하시죠."

"알겠습니다."

유하진은 카미엘과의 대화에서 나온 중요한 내용을 메모하다가 불현듯 물었다.

"그런데 말입니다. 용병단의 이름은 뭐라고 지으실 겁니까?"

"이름이라……."

"모든 조직에는 이름이 있지 않습니까? 하다못해 동네 슈퍼에도 이름이 있는데 말이죠."

카미엘은 문득 자신의 팔에 채워진 영혼 통제기를 바라보았다.

"발록, 발록이라고 합시다."

"발록이라… 언젠가 자료에서 본 적이 있는 것 같기도 하군요."

"몬스터입니다. 저에게는 뜻 깊은 놈이라고나 할까요?"

"그래요. 용병단 발록이라… 어감이 나쁘지는 않네요."

얼떨결에 지어진 이름이지만 용병단 발록의 출발이 그리 나쁘지는 않은 듯하다.

*   *   *

이틀 후, 스위스 제네바에서 아공간 연구 팀이 삼척까지 날아왔다.

이른 아침부터 소집된 지하 수로 탐사 인원은 총 열네 명으로, 카미엘의 용병단 세 명, 아공간 연구 팀 세 명, 그리고 나머지 8군단 소속 특공대 호위 병력으로 구성되었다.

아공간 연구소 파견 팀장 파스칼 리퓨너는 이번 작전의 길잡이이자 몬스터 전문가로 참여한 카미엘에게 전권을 일임하였다.

"듣자 하니 실력이 아주 대단하다고 하더군요."

"대단한 것까진 아닙니다. 군에서도 저의 모든 면을 다 살핀 것은 아니니까요."

"뭐, 그래도 우리보단 당신이 탐사대장을 맡는 편이 좋겠어요. 특공대도 동의하시죠?"

이미 카미엘이 이곳을 한 번 뚫고 지나왔다는 사실을 잘 아는 특공대이기에 흔쾌히 동의하였다.

"우리는 호위를 담당하는 사람들일 뿐, 몬스터에 대해서 잘 아는 것은 아닙니다. 그러니 조금이라도 더 전문적인 사람에게 맡기는 편이 좋지요."

어느 한 단체의 수장이 되는 것이 아주 꺼려지는 카미엘이지만 이런 경우엔 어쩔 수가 없었다.

카미엘은 출발하기 전에 미리 조심해야 할 사항들에 대해 전달하였다.

"동굴 안은 어둡습니다. 그리고 대략 30분에 한 번씩 물이

들이치지요. 만약 이대로 그냥 들어갔다간 우리 모두 다 죽을 수도 있어요. 그러니 일단 지하 수로 아래에 있는 펌프부터 처리한 후에 들어갑시다."

"좋은 방법입니다. 안 그래도 시에서 지하 수로를 폐기 처분하기로 했다니 문제될 것도 없지요."

"좋아요. 그럼 일단 지하 수로 2층에서부터 작전을 시작하는 것으로 합시다."

카미엘은 이영훈과 박달제에게 지하 수로 펌프의 위치에 대해 물었다.

"팀장, 수로를 지을 때 일했다고 했지?"

"그랬지. 펌프의 위치는 내가 알아."

"좋아, 그럼 팀장이 내 뒤에 서고 달제 씨는 언제나 그랬듯이 측면을 맡아줘."

"오케이."

일정을 모두 조율한 카미엘은 탐사대를 이끌고 지하 수로로 향했다.

*　　　*　　　*

지하 수로 2층으로 내려간 탐사대는 귓전을 마구 때리는 펌프 엔진 소리와 마주하였다.

탈, 탈, 탈.

아직까지 모터가 살아 있어서 2층 전체가 쩌렁쩌렁 울리고 있었다.

카미엘은 모터 주변에 널려 있는 몬스터들의 내장 조각과 딱딱하게 굳은 피딱지들을 바라보았다.

"이놈들, 이곳으로 달려들었다가 갈려 죽은 모양이군."

"일단 소리가 크니까 먹을 것인 줄 알고 들입다 달려든 것이겠지."

기계 마도사 카미엘은 아무리 처음 보는 기계라고 해도 몇 번 둘러보면 금세 그 원리를 파악할 수 있었다.

그는 펌프에 동력을 전달해 주는 스위치를 찾아내어 전력을 차단하였다.

딸깍!

그러자 펌프가 가동을 멈추었다.

위이이잉.

펌프가 꺼지고 나니 더 이상 물이 딸려와 심정에 머물며 분사할 준비를 하지 못하게 되었다.

이제 지하 수로 1층으로 올라가도 최소한 물 때문에 죽을 일은 없을 것으로 보였다.

"이렇게 간단한 것을."

"그때는 우리가 지하 2층으로 내려갈 수 있는 상황이 아니었잖아? 고생을 해도 어쩔 수 없지."

"뭐, 그건 그렇지만."

카미엘은 동력이 멈춘 펌프를 폭파시킨 후 1층으로 올라가기로 했다.

"폭파 담당관님, 이것을 부수어주시지요."

"걱정 마십시오. 아주 박살을 내버리겠습니다."

폭파 담당관은 일행이 해치를 열고 올라가는 것을 확인한 후 C4를 이용하여 총 13군데에 폭약을 달았다.

그는 기폭 장치를 연결한 후 그것을 가지고 해치 안으로 들어갔다.

"폭발합니다!"

딸깍.

격발기가 작동하자 적당한 화력의 폭약이 터지면서 펌프가 산산조각 나버렸다.

너무 큰 폭약을 달았다간 지하 수로 전체가 무너질 수 있기 때문에 그는 아주 신중하게 폭파 지점을 골라 설치한 것이다.

전문가의 손을 거쳐 폭발한 펌프는 이제 더 이상 돌아갈 수 없는 상태가 되어버렸다.

탐사대는 해치를 닫고 지하 1층으로 향했다.

지하 1층에는 여전히 몬스터들의 울음소리로 가득하였다.

카미엘은 자신의 머릿속에 남아 있는 아공간의 위치를 지도에 표기하여 전 대원들에게 나누어주었다.

"첫 번째 아공간은 동굴 초입에서 10분 거리에 있어요. 이곳까지는 전동보드를 이용해서 갑시다."

"알겠습니다."

탐사대는 각자의 군장에 있는 소형 전동보드를 꺼내어 페달을 밟았다.

위이이이잉!

시속 30㎞까지 속력을 낼 수 있는 전동보드는 휴대하기가 간편해서 대학생들이 주로 많이 사용하는 물건이다.

바닥이 고르고 매끄러워서 전동보드를 타면 꽤 빠른 시간 안에 작전을 끝낼 수 있을 터였다.

카미엘이 대규모 인원이 아닌 소규모 인원으로 탐사대를 조직한 것도 이러한 기동성 때문이다.

불과 2~3분 만에 첫 번째 목적지에 도착한 카미엘은 특공대와 함께 아공간 앞에 있는 몬스터들을 사냥하기로 했다.

끼에에에에엑!

"라미아군요. 저놈들이 커지면 바실리스크나 자이언트 스네이크가 되는 것이지요."

"라미아는 불에 약합니다. 공용화기로 족치면 금방 나가떨

어집니다. 기관총 사수와 부사수를 남겨두고 우리는 후방을 담당합시다."

"그럽시다."

철컥!

두두두두두두두!

기관총 사수가 라미아에게 화력을 집중시키자, 놈들은 그 자리에서 즉시 내장을 쏟아내며 죽어갔다.

퍽퍽퍽!

끄이이에엑!

"죽을 때 내는 소리가 마치 음성 변조를 한 여자의 목소리 같군요."

"가끔 말을 하는 놈들도 봤습니다. 새끼의 형태에서 조금만 더 성장해도 사람의 형태를 띠니 아마 그 비슷한 유전자를 가지고 있지 않나 싶군요."

대략 10분 후, 동굴을 가득 채우고 있던 라미아 무리가 모두 사망하였다.

아공간 기술자들은 공간 왜곡 현상이 벌어지고 있는 아공간 앞에 양쪽으로 기계를 설치하였다.

딸깍!

벽에 흡착하여 전기와 자기장을 쏘아 보내는 역할을 하는 이 장치는 각 기술자 간의 호흡이 가장 중요했다.

자기장을 컨트롤하는 기술자가 아공간을 약화시키고 나면 전기 기술자가 약속된 시간에 전기를 쏘아 보내야 한다.

이때, 두 사람에게 전력과 자기장을 전달하는 출력기를 다루어 작업을 총괄하는 출력 기사의 역할이 모든 것을 결정한다.

한마디로 모두가 자기의 자리에서 최선을 다해야 아공간을 무력화시킬 수 있는 것이다.

특공대는 총 다섯 개로 나눈 출력기 파츠를 바닥에 내려놓았다.

파스칼은 바닥에 놓인 파츠를 순서대로 조립하여 출력기를 완성하였다.

치직, 치직!

"좋아, 잘 작동하는군. 모두 지금부터 뒤돌아서 있어요. 잘못하면 실명합니다."

실명이라는 소리에 모두가 눈을 가린 채 뒤돌아섰다.

파스칼은 출력기에 매달려 있는 선을 두 명의 기술자에게 각각 나누어주었다.

기술자들은 그것을 컨트롤러에 연결시켜 송출을 준비하였다.

"다들 긴장하자고."

"예, 팀장님."

"자, 그럼 시작하지."

파스칼이 출력기의 전원을 켜자 중앙에 달려 있는 통제장치가 불을 밝혔다.

출력량 100%

그는 두 사람 모두에게 전력을 전달하였다.

꽈지지지직!

이제 아공간에 자기장의 압력이 가해져 공간 왜곡 현상이 잦아들 것이다.

꿀렁!

이 타이밍에 맞춰 전기 기술자가 송출 버튼을 눌렀다.

위이이이이이잉, 퍼엉!

초고밀도로 압축된 전력이 아공간을 때리자 공간 왜곡 현상이 완벽하게 사라져 버렸다.

팟!

"성공입니다!"

"마이너스 에너지 농도는?"

"0%입니다."

"좋아, 아주 깔끔하게 끝났군."

카미엘은 생각보다 아주 간단한 과정에 감탄하였다.

"복잡하지 않고 심플하지만 강력하군요."

"아공간이 주기적으로 몬스터를 뱉어내는데 너무 복잡하게 움직이면 우리가 다칠 수도 있잖아요?"

"으음, 그건 그렇군요."

"자, 이제 다음 지역으로 이동합시다. 오래 끌어서 좋을 것 없으니 말이죠."

카미엘은 이제 탐사대와 함께 두 번째 지역으로 이동하였다.

*　　　*　　　*

작전 시작 열 시간이 경과하였다.

뚜벅, 뚜벅.

열일곱 번째 아공간에 도착하고 나니 전동보드의 배터리가 모두 다 소모되어 더 이상 타고 다닐 수가 없었다.

보병들이야 항상 걸어 다니는 훈련을 하는 사람들이니 큰 상관이 없지만 아공간 기술자들은 이제 슬슬 지쳐가는 모양이다.

"열일곱 번째 아공간에 도달하려면 얼마나 남은 거죠?"

"대략 서너 시간쯤 더 걸어가면 아마 반대쪽 입구가 나올 겁니다."

"…쉽지가 않네요."

"지하 수로가 워낙 길어서 오래 걸릴 것이라고 예상은 했지만 이 정도일 줄은 몰랐습니다."

특공대 파견 팀장 명수철 대위는 가장 이상한 점에 대해 지적하였다.

"제가 이해하기 힘든 것은 왜 보드의 배터리가 이렇게 빨리 고갈되었느냐 하는 것입니다. 원래 보드 배터리는 대략 56시간을 버틸 수 있도록 되어 있습니다. 삼 일 내내 달려도 배터리가 소멸되지 않는다는 소리지요."

"그런데 우리는 완충 상태에서 고작 열 시간밖에 안 달렸는데 배터리가 방전된 것이군요?"

"예, 그렇습니다."

카미엘은 아공간 기술자들에게 물었다.

"이게 아공간의 영향 때문입니까?"

"아니요, 원래 아공간은 전기에 민감해서 오히려 전력을 뱉어내면 뱉어냈지 빨아들이지는 않아요."

"흠……."

바로 그때였다.

치지지지지직.

어디선가 스파크가 마구 튀는 소리가 들려왔다.

카미엘은 천천히 스파크가 튀는 곳으로 다가가 보았다.

타닥, 타닥.

그가 다가간 곳에는 검은색 전선이 연결된 파란색 돌덩이가 놓여 있었다.

카미엘은 그것이 무엇인지 단박에 알아보았다.

'마나스톤?!'

마나스톤은 마법사들이 공기 중의 마력을 흡수시키기 위해 만들어놓은 일종의 장치인데, 이렇게 마력을 흡수시켜 놓으면 추후에 돌에 깃든 마력을 사용할 수 있게 된다.

또한 마나스톤은 마도 기계학에서 중심축이 되는 물건으로 주로 동력장치를 만드는 데 사용된다.

설계만 잘하면 엄청난 양의 에너지를 생성하면서도 영원히 사라지지 않는 동력장치를 만들 수도 있었다.

하지만 마나스톤 자체가 상당히 만들기 힘들고 그것을 가공하는 것도 쉽지 않아서 경력 50년의 마법사들도 곧잘 실패하곤 했다.

카미엘이 300년을 연구하여 지금의 경지에 이르렀으니 아마 저 정도 크기의 마나스톤을 만들자면 어지간한 내공으론 어림도 없을 것이다.

'생뚱맞군. 도대체 이곳에 왜 마나스톤이……'

자세한 것은 카미엘도 알 수가 없지만 중요한 것은 저 마나스톤이 17번째 아공간에 전기를 공급하고 있다는 점이었다.

카미엘은 마나스톤을 바닥에서 뽑아내어 자신의 아공간 안에 봉인시켜 버렸다.

팟!

잠시 후, 아공간이 흩어짐과 동시에 사방으로 전력이 흘어져 방전된 보드에 배터리가 완충되었다.

"어, 어라? 배터리가 다시 차오르는데요?"

"아무래도 누군가 아공간을 만들어놓고 도망을 친 것 같군요."

"……?!"

카미엘은 아공간 기술자들에게 아공간을 만들 수 있는 능력을 갖춘 사람에 대해 물었다.

"연구소 내에서 아공간을 만들 수 있는 사람이 있습니까?"

"당연히 없죠. 아공간은 신의 영역입니다. 그것을 파괴하는 것은 아주 우연의 일치였어요. 그 우연도 꽤 많은 사람이 죽은 사고에 의해서 생겨난 것이고요."

"그렇다면 공식적으론 아공간을 열 수 있는 사람은 현재로선 없는 것이네요?"

"그렇다고 봐야지요."

그는 자신 말고 또 다른 누군가가 차원의 틈을 넘어 이곳으로 워프를 해왔다고 확신했다.

'마도사다. 마도사가 아니고서야 이런 일을 할 수가 없어.'

아공간을 열어 몬스터를 소환한다는 것은 어쩌면 카미엘보다 더 뛰어난 실력을 가지고 있을지도 모를 일이다.

하지만 당장은 그 어떤 확신도 할 수가 없었다.

"아무튼 다음 구역으로 이동합시다."

"그러시죠."

작전 팀은 그다음 구역으로 신속히 이동하였다.

＊　　　＊　　　＊

작전 시작 열세 시간째, 드디어 마지막 아공간 앞에 도착하였다.

우우우우웅!

마지막 아공간은 이제 제법 세력이 팽창해서 다른 아공간에 비해 무려 세 배나 부풀어 있었다.

카미엘은 속전속결로 사태를 수습하고 지상으로 올라가기로 했다.

"더 이상 작전이 지연되면 모두 지쳐서 기습에 취약해질 겁니다. 더 이상 시간 끌지 말고 한 방에 치고 올라갑시다."

"좋지요."

그는 발록 블레이드를 앞세워 가장 먼저 아공간으로 향했다.

하지만 카미엘을 비롯한 모든 인원은 달리다 말고 그 자리에 우뚝 멈추어 설 수밖에 없었다.

크르르르르룽!

거대한 입을 가진 지렁이 형태의 괴물이 아공간 바로 앞에 자리를 잡고 있었던 것이다.

"자이언트 웜?!"

"허, 허억! 저런 괴물이 어떻게……?"

"지금까지 지하 수로가 방치되어 있었다면 저런 괴물이 나타나는 것도 무리는 아니죠. 저놈보다 더한 놈이 발견되지 않은 것을 천운으로 알아야 할 겁니다."

자이언트 웜은 유충의 크기만 5미터에 육박하며 그것이 고치가 되었다가 성충으로 자라나면 최대 100미터까지 자라나는 괴물 중의 괴물이다.

땅속을 마치 바다의 물고기처럼 유영할 수 있으며 상당히 성질이 고약해서 눈에 보이는 것이 있으면 무조건 먹어치우고 파괴하고 본다.

다만 뇌의 기능이 거의 전무하고 본능에 의해서만 움직이기 때문에 지능은 미미한 수준이다.

그러나 아무리 지능이 낮다고 해도 자이언트 웜을 상대하는 일은 그리 녹록지 않았다.

"이제 막 성충이 된 것 같습니다. 몸길이를 봐요. 대략 20미터쯤 되는 것 같지 않아요?"

"네, 그런 것 같네요."

"지금은 그저 성질만 더러운 지경이고 앞은 거의 못 봅니다. 소리와 냄새로만 사물을 구별하지요."

"자이언트 웜은 눈이 없나요?"

"퇴화됩니다. 고치에서 탈피하면서 눈이 아예 없어지지요."

유페리우스에는 몬스터가 본격적으로 창궐하기 전에도 상당히 많은 종의 몬스터가 서식하고 있었다.

카미엘은 그 몬스터들로 지금까지 기계 마도학을 연구해 왔기 때문에 몬스터라면 유페리우스 최고의 전문가라 할 수 있었다.

이곳에 있는 몬스터들의 형태도 그곳과 별반 다르지 않으니 카미엘은 걸어 다니는 백과사전이나 다름이 없었다.

그는 자이언트 웜 주변을 살폈다.

이제 막 성충이 되었으니 분명 탈피하면서 생긴 분비물이 남아 있을 터였다.

카미엘은 자이언트 웜 왼쪽에 있는 거대한 허물을 손가락으로 가리켰다.

"저겁니다. 저것을 뒤집어쓰면 놈이 우리를 구별하지 못할 겁니다. 아무리 후각이 예민해도 자기 냄새에 가려진 것은 찾기 힘든 법이니까요."

"…설마하니 저 징그러운 놈의 진액을 몸에 바르자는 것은 아니죠?"

"죽기 싫으면 바르십시오. 지금 이 상태론 놈을 잡을 수가 없어요."

아무리 카미엘이라고 해도 이렇게 많은 인원을 모두 살려가면서 자이언트 웜을 상대할 수는 없었다.

그는 바람의 정령 실프의 영혼석을 에고소드에 빙의시켰다.

스스스스스!

'헤이스트!'

바람의 마법인 헤이스트는 인간의 몸에 정령력을 불어넣어 속도를 두 배 빠르게 만들어주는 마법이다.

다만 지속 시간이 상당히 짧아서 10초 안에 허물을 가지고 돌아오지 못하면 꼼짝없이 자이언트 웜과 전면전을 벌여야 할 것이다.

파밧!

카미엘은 헤이스트를 통하여 빠르게 허물로 다가갔다.

끼기기기긱?

놈이 후각과 청각을 동원하여 카미엘을 찾아내기 위해 고개를 좌우로 흔들었다.

그는 놈이 자신을 발견하기 전에 재빨리 진액을 몸에 골고루 발랐다.

철퍼덕!

그러자 놈은 자신의 주변에 아무것도 없다고 생각하여 시선을 탐사 팀에게로 돌렸다.

끼헤에에엑!

"허, 허억! 놈이 우리를 발견했어!"

"아무래도 저 진액이 답인 모양입니다!"

잠시 후, 카미엘이 다시 달려와 판초우의 가득 퍼온 진액을 나누어주었다.

"발라요! 어서!"

"아, 알겠습니다."

카미엘의 지시대로 진액을 몸에 바르고 조용히 있으니 놈이 일행을 찾아내지 못했다.

쿵쿵, 쿵쿵.

"…진짜 효과가 있는데요?"

"냄새는 좀 더러워도 이 방법이 최고입니다."

이제 카미엘은 스스로 미끼가 되어 포병 병력이 주둔하고 있는 곳까지 달려 나갈 생각이다.

"내가 진액을 씻어내고 놈을 유인할 겁니다. 그럼 남은 병력은 이곳에서 아공간을 해체하세요. 그럼 작전은 꽤 쉽게 끝날 수도 있어요."

"하지만 잘못했다간 당신이 당할 수도 있는데요?"

"그런 각오 안 하고 이 작전에 들어온 것 아닙니다."

카미엘은 지하 수로 바닥을 떠다니고 있는 맑은 물에 자신을 헹구기 시작했다.

촤락, 촤락!

그러자 자이언트 웜이 카미엘의 냄새를 맡았다.

쿵쿵, 끼에에에에엑!

"온다!"

"다들 비켜요! 나 혼자 놈을 유인하겠습니다!"

그는 전동보드를 타고 신나게 지하 수로를 내달리기 시작했다.

위이이이이잉!

크아아아앙!

콰앙!

자이언트 웜이 꿈틀거리면서 카미엘의 뒤를 쫓았다.

스윽, 스윽!

몸에 묻은 진액을 이용하여 빠르게 유영하는 놈의 속도는 전동보드를 따라잡고도 남을 정도였다.

카미엘은 이쯤에서 강수를 쓰는 것이 좋겠다고 생각했다.

그는 냉마 쿠르드를 소환하였다.

스스스스스!

"프리즌 클라우드!"

카미엘의 손에서 뻗어 나간 검은색 구름이 자이언트 웜 앞에 자박자박하게 깔려 있는 물을 순식간에 얼려 버렸다.

꽈드드드드득!

그러자 자이언트 웜의 배가 바닥에 딱 달라붙어 움직일 수 없게 되었다.

끼에에에엑?

뱃가죽이 바닥에 달라붙어 조금 당황하긴 했지만 이제 곧 얼음을 뜯어내고 달려들 놈이다.

카미엘은 무전기를 잡았다.

"여기는 특임대! 포병연대 나와라!"

─여기는 포병연대.

"지금 괴물이 한 마리 나갈 것이다! 사격 지원 바란다!"

─좌표는?

"작전구역 B지역이다!"

─알겠다. 신호하면 곧바로 발포하겠다.

잠시 후, 자이언트 웜이 바닥의 얼음을 부수어 버렸다.

뚜두둑, 뚜두두둑!

쨍그랑!

끼헤에에에에엑!

카미엘은 입구까지 전속력으로 달리며 외쳤다.

"발사!"

─전포, 발사!

포탄의 사거리까지 미리 계산하고 바깥으로 달려 나온 카미엘은 쉬지 않고 계속 달렸다.

그러자 그의 뒤를 자이언트 웜이 바짝 따라왔다.

끄이에에엑!

포탄의 비행시간에 딱 맞춰 등장한 자이언트 웜은 그 자리에서 고폭탄 세례를 맞기 시작했다.

쾅쾅쾅쾅!

끄헥, 끄헤에에엑!

카미엘은 포탄을 맞고 죽어가는 놈에게 결정타를 날렸다.

"아이스 스피어!"

피융!

검은색 얼음의 창이 날아가 자이언트 웜의 심장을 꿰뚫어 버렸다.

퍼억!

놈은 화마에 투창까지 맞아 그 자리에서 즉사하고 말았다.

"적이 쓰러졌다! 사격을 중지하라!"

─잘 알았다. 수고 많았다.

"별말씀을."

카미엘은 자이언트 웜의 시신을 흡수하고 그 심장과 내장을 빼내어 아이스박스에 잘 담았다.

심장과 내장의 크기가 상당히 커서 이것들만 팔아도 집 한 채는 거뜬히 나올 것으로 보였다.

"단원들이 아주 좋아하겠군."

드디어 지긋지긋한 지하 수로와 안녕을 고할 때가 온 것이다.

*   *   *

이른 아침, 포항의 한 국밥집에 허름한 차림의 사내가 들어섰다.

드르르륵.

꽤 오래된 문이 삐거덕거리며 열리자, 국밥집 주인이 사내를 돌아보며 외쳤다.

"뭐 줘요?!"

"국밥 한 그릇 말아줘요. 소주도 한 병 주시고."

"네, 금방 갑니다!"

남자는 자신의 머리 위에 매달려 있는 TV를 바라보았다.

—…다음 소식입니다. 삼척시 지하 수로에서 발생한 몬스터 창궐 사건의 배후가 밝혀졌습니다. 경찰은 삼척시장 하동칠 씨와 시의원 석명환 씨가 제41 사단장 소속 904연대장과 공금 횡령을 모의하고 지하 수로 사업에서 300억 상당의 공금을 횡령했다고 밝혔습니다. 또한 이 과정에서 몬스터의 창궐 루트

인 아공간의 사실 유무를 방조하고 공사를 단행하여 지역 전체를 위험에 빠뜨리게 되었다고 경찰은 전했습니다. 강원지방 경찰청은 하동칠 씨 이하 모든 공범을 철저히 조사하여 일벌백계하고 다시는 이와 같은 일이 벌어지지 않도록 단속할 것을 약속했습니다. 다음 소식입니다.

사내는 표정을 일그러뜨렸다.

"제기랄. 천하의 조필규 인생도 여기서 끝인 모양이다."

삼척시에서 도망쳐 나온 조필규는 자신의 재산을 모두 현금화시켜 한국을 빠져나갈 예정이다.

포항에서 울릉도로 입항한 후에 그곳에서 해외로 나가는 어선을 타면 단속도 피하고 제법 편안하게 밀항을 할 수 있기 때문이다.

이제 그는 화려하던 시절을 모두 정리하기로 마음먹었다.

"그래, 이 지긋지긋한 곳도 이젠 모두 안녕이다."

그는 이제 다시는 한국에 들어오지 못할 것이다.

조필규는 씁쓸한 미소를 지었다.

"가기 전에 든든히 먹어두고 가야지. 앞으로 평생 못 먹을 텐데."

국물 한 방울, 밥 한 톨까지 음미하면서 천천히 국밥을 먹어치운 조필규는 테이블에 돈을 올려놓고 가게를 빠져나왔다.

그는 가게를 나오자마자 근저 슈퍼에 들러 담배 네 보루를 구매하였다.

외항선을 타고 나가면 꽤 오랜 시간 동안 땅을 밟을 수 없기 때문에 담배를 구해두는 것은 필수였다.

배도 채웠고 담배도 구했으니 이제는 밀항선 선장을 만나러 갈 차례였다.

"자, 그럼……."

가볍게 발걸음을 떼던 조필규에게 불현듯 검은 손이 불쑥 들어왔다.

휘릭!

"크읍!"

건물과 건물 사이에 숨어 있던 네 명의 사내가 그의 입을 가리고 뒷골목으로 끌고 왔다.

순간, 조필규는 뭔가 일이 꼬이고 있음을 직감하였다.

"우우읍!"

"이 새끼가 감히 어딜 도망가려고? 너 같은 새끼는 평생 감옥에서 썩어봐야 정신을 차리지."

빠악!

조필규는 야구 배트로 복부를 얻어맞은 후 서서히 정신을 잃어가기 시작했다.

"으허어억."

"끌고 가자."

"예, 팀장님."

그를 포획한 사람들은 바로 포항남부경찰서 소속 형사들이었다.

형사들이 조필규를 승합차에 태우자, 골목 구석에서 한 사내가 걸어 나왔다.

"약속대로 물건은 주시죠."

"여기 있습니다."

사내는 조필규의 전 재산을 모두 들고 유유히 골목길 사이로 사라져 갔다.

*　　　　　*　　　　　*

늦은 밤, 카미엘은 영혼 억제기 안의 노파와 얘기를 나누고 있었다.

정금자는 자신의 손녀에게 다시 재산이 돌아갔다는 얘기에 기쁨을 감추지 못했다.

—고맙네! 정말 고마워! 난 내 손녀가 고생을 하고 있는 줄도 몰랐어. 자네가 아니었다면 내가 죽어서도 편안히 눈을 감았겠나?

"이 또한 인연입니다. 제가 할머니를 만난 것은 모두 하늘의

뜻인 겁니다."

　─아무튼 정말 고맙네. 이 은혜를 어떻게 갚아야 할지 모르겠어.

　"약속하지 않았습니까? 손녀의 소식을 전해주기로 말입니다."

　─소식을 전해준다고 했지 돈을 돌려준다곤 안 했지.

　"그게 그거지요."

　카미엘은 최영식과의 대화에서 관련자들을 모두 잡아들일 것이라는 소식을 들었고, 정금자 할머니의 딱한 사정을 알렸다.

　편법이긴 하지만 최영식은 카미엘에게 그녀의 돈을 되찾을 수 있도록 배려한 것이다.

　만약 카미엘이 사설 용병단을 창립하지 않았다면 이와 같은 기회도 없었을지 모른다.

　카미엘은 이제 영혼 억제기에서 정금자를 보내주기로 했다.

　"잘 가십시오."

　─자네, 꼭 복 받을 걸세. 내가 지하에서 기도함세.

　이제 영혼 억제기는 새로운 나그네를 기다리게 되었다.

제8장

지구에서의
한가로운 일상

나른한 오후, 카미엘이 산더미처럼 쌓여 있는 고물 더미를 뒤적거리고 있다.

마치 고물로 고봉을 쌓은 듯 거대하게 자리를 잡은 고물 더미에서 카미엘은 마도 기계 제작에 쓰일 부품을 추리는 중이다.

그는 못 쓰는 라디오와 옛날 핸드폰, 경운기 엔진 등을 꺼내어 고봉 아래로 내려왔다.

"이 정도면 충분하겠어."

카미엘이 고물을 가지고 내려오자, 고물상 주인이 연신 기침을 내뱉었다.

"쿨럭쿨럭! 먼지가 많이 나는군."

"매번 이렇게 먼지를 일으켜서 죄송합니다."

"아닐세. 나야말로 이 고물 덩어리들을 돈 몇 푼이라도 받고 팔아주니 고맙지."

노인은 저울에 고물을 올려놓고 무게를 재어 가격을 제시했다.

"다해서 15kg이니까 3천 원만 주시게."

"예, 어르신."

카미엘은 노인에게 3천 원을 건넨 후 고물들을 새로 산 트럭 위에 올려놓았다.

며칠 전에 1종 보통 면허를 취득한 카미엘은 자신의 취향에 맞게 엔진을 개조하여 타고 다니는 중이다.

끼릭, 휘이잉!

보통의 디젤엔진과는 다르게 시동을 걸자마자 부드러운 소리가 들려왔다.

노인 역시 자동차에는 꽤 조예가 깊어서 그 소리를 듣자마자 감탄사를 쏟아냈다.

"뭘 어떻게 한 것인지는 몰라도 엔진이 꽤 가벼워졌군. 배기통에선 마치 가솔린처럼 수증기를 뿜어내고 있고 말이야."

"엔진을 살짝 손봤습니다."

"그래, 손본 것 같기는 해. 하지만 디젤관이 어떻게 이렇게 연소할 수 있는지 궁금하군."

"나중에 기회가 된다면 원리에 대해 말씀드리겠습니다."

노인은 고개를 가로저었다.

"아니, 아닐세. 이런 신기한 기술의 원천은 모르는 사람이 많을수록 좋아. 자네, 돈벌이로 써먹을 것 아니면 그냥 함구하고 다니게. 전파해서 좋을 것 없을 것 같아."

"명심하겠습니다."

노인은 행여나 카미엘이 이런 비밀스러운 능력을 가지고 있다고 해서 봉변을 당할까 두려웠다.

그는 때론 혁신이 한 사람의 인생을 망쳐놓을 수 있음을 잘 알고 있었다.

카미엘은 노인에게 꾸벅 고개를 숙였다.

"아무튼 물건 감사합니다. 다음에 또 오겠습니다."

"잘 가게. 다음에 올 때엔 장기 한판 두세나."

"좋지요."

정상동에서 외롭게 살아가고 있는 고물상 정 노인에게 카미엘은 가끔씩 기계에 대한 얘기도 하고 장기도 두는 좋은 말벗이었다.

최근 한 달 동안 카미엘이 이곳을 오가면서 적적함을 달래고 있던 정 노인이다.

그는 카미엘이 돌아가는 것을 진심으로 아쉬워했다.

"잘 가게!"

"예, 어르신!"

정 노인은 카미엘이 시야에서 사라질 때까지 계속 손을 흔들었다.

*　　　　*　　　　*

고물상에서 돌아온 카미엘은 정라동 산비탈에 있는 100평 부지의 공터로 향했다.

이곳은 카미엘이 시청 소유로 되어 있는 현재의 집을 구매하면서 같이 구매한 곳이다.

요즘 카미엘은 이곳에서 틈틈이 마도 기계를 연구하고 있는 중이다.

끼릭, 끼릭.

크기 30㎝의 작은 로봇이 쌍둥이 남매가 앉아 있는 가두리 평상을 돌아다니고 있다.

쌍둥이들은 겉면이 라텍스로 만들어진 로봇을 쫓아다니면서 그들만의 놀이를 즐기고 있는 중이다.

윙, 윙.

"꺄아!"

"어버버!"

오늘 사온 고물들을 해체하는 카미엘의 눈길이 손자 손녀를 향해 있다.

"녀석들, 만들어주길 잘했군."

손은 고물을 만지고 있지만 눈길은 항상 아이들을 향해 있는 카미엘이다.

쌍둥이를 키우려면 뒤통수에도 눈이 달려 있어야 한다던 보육교사 정아름의 말이 딱 들어맞았다.

그는 해체한 고물들을 탁자 위에 올려놓고 자신이 원하는 부품들만 추려냈다.

오늘 만들어낼 로봇은 스스로 걸어 다니면서 지정된 목표를 향해 자폭을 가하는 기계다.

신호에 맞춰 폭발을 일으킬 수도 있고 사람이 들어갈 수 없는 지역을 대신 탐사하는 역할을 해주기도 한다.

카미엘이 못 쓰는 라디오와 핸드폰을 대거 수집해 온 이유도 바로 이 때문이다.

그는 자신이 오래전에 설계해 둔 도면대로 부품들을 가공하기 시작했다.

스스스스스스!

입자를 분쇄시켜 무의 형태로 되돌리는 보이드 마법이 걸려 있는 나이프가 스칠 때마다 부품들이 조금씩 잘려 나가

깔끔한 단면을 드러냈다.

아주 신중하게 부품들을 가공시킨 카미엘은 줄자를 이용해서 치수를 쟀다.

"으음, 좋아. 이 정도면 충분하겠어."

그는 원하는 치수가 나오자 그것들을 도면대로 조립해서 50㎝의 직사각형 형태를 만들어냈다.

네모난 로봇의 하부에는 체인이 달려 있어서 언덕이나 장애물이 있어도 쉽게 넘어갈 수 있었다.

또한 상체에는 길이 조절이 가능한 한 쌍의 팔이 달려 있어서 높은 곳도 오르내릴 수 있었다.

이것은 카미엘이 맨 처음 마도 기계학에 입문하면서부터 지금까지 300년 동안 계속해서 만들어온 기계인데, 부품만 있다면 만드는 데 10분이면 충분했다.

이런 기계들을 틈이 날 때마다 만들어놓는 것은 군인이 전쟁을 준비하면서 탄약을 수령하여 장전하는 것과 같은 이치이다.

이것들을 아공간에 넣어두었다가, 필요한 순간에 꺼내어 쓰는 것이 기계 마도사의 주력이었기 때문이다.

15㎏의 부품들로 총 15개의 기계를 만들어낸 카미엘은 그것을 아공간에 잘 갈무리해 두었다.

"소환!"

우우우웅!

물건들을 소환하거나 저장할 때에도 동일한 양의 마나가 소모되기 때문에 물건을 만든다고 해서 무조건 저장이 가능한 것은 아니다.

카미엘은 이와 같은 자잘한 소환 마법을 통하여 지금의 9서클 대마도사로 거듭났던 것이다.

아침부터 일찌감치 일어나 15개의 로봇을 만들어둔 카미엘은 이제 자신이 요즘 주력으로 연구하고 있는 물건의 도면을 펼쳤다.

도면은 연필로 뭔가를 적었다가 지운 흔적이 즐비해 있다.

"흠……."

카미엘은 요즘 굳이 설치가 필요 없는 아공간 파쇄기를 개발하는 중이다.

그는 인터넷에서 관련 지식들을 얻어 아공간을 파괴시키는 이론을 완전히 정복하였다.

하지만 이론을 정복하였다고 해서 금방 아공간 파쇄기를 만들 수 있는 것은 아니다.

이론이 정비되었다곤 해도 그것을 실전에서 사용하자면 보완해야 할 것이 한둘이 아니었던 것이다.

요즘 들어 카미엘이 매일같이 고물상에 들러 부품을 구해오고 그것으로 15개의 로봇을 만들어내는 것은 어떠한 영감을 얻기 위함이었다.

아무리 이론이 완벽해도 문제점을 보완하는 아이디어는 우연히 뇌리를 스치는 번뜩임에 의해 떠오르게 되어 있다.

카미엘에게 영감을 주는 것은 다름 아닌 마도 기계였던 것이다.

가만히 앉아서 아공간 파쇄기의 도면을 살펴보던 카미엘은 불현듯 자리에서 일어섰다.

"그래, 이거다!"

그는 불현듯 떠오른 아이디어를 테이블 위에 적어 내려간 후 그것을 마도 기계학의 수식으로 전환시키기 시작했다.

마도학은 자연 상태의 마법을 일정한 수식으로 풀어내는 학문인데, 이것은 주문으로 변환되어 공격 마법이 될 수도 있고 마도 기계학의 핵심 기술이 되는 기계마법이 될 수도 있었다.

수식과 주문, 이 두 가지의 연쇄반응으로 이뤄진 마도 기계학은 이 세상 그 어떤 물건도 만들어낼 수 있었다.

카미엘은 중력 마법인 리버스 그래비티와 파워 워드 킬, 그리고 전기 마법인 라이트닝 쇼크를 조합하여 폭탄의 형태로 만들어냈다.

그는 쌍둥이를 안전한 곳으로 옮겨놓고 아공간 파쇄 폭탄을 공터에 집어 던져보았다.

휘릭!

콰앙!

아공간 파쇄 폭탄이 터지면서 리버스 그래비티와 파워 워드 킬이 원의 형태를 그리면서 분화하였다.

고오오오오!

중력을 반전시키는 리버스 그래비티와 공기의 압력과 그의 팽창을 이용한 파워 워드 킬의 조합은 완벽한 앙상블을 이뤄 냈다. 그리고 그에 이어서 작열하는 라이트닝 쇼크는 3만 볼트의 전기를 엄청난 전압으로 쏘아내어 주변의 모든 것을 태워 나갔다.

쫘지지지직!

하지만 이 전기는 리버스 그래비티와 파워 워드 킬에 의해 발이 묶여 직경 3미터의 원에 갇혀 버렸다.

만약 이것이 아공간의 바로 아래에서 터진다면 아공간의 파쇄를 기대해 볼 수도 있을 것 같았다.

카미엘은 만세를 불렀다.

"그래, 바로 이거다!"

무려 수천 가지의 마법을 조합하여 차마 수를 헤아릴 수조차 없는 경우의 수를 만들어낸 카미엘은 한 달 만에 아공간 파쇄기를 완성시킨 것이다.

만약 일반인의 두뇌와 실행력으로 이것을 개발했다면 100년이 걸렸을지 200년이 걸렸을지 아무도 장담할 수 없다.

그는 지구의 과학자들이 5년 만에 이것을 개발했다는 것에 대해 놀라움을 감추지 못했다.

"대단한 집념이군. 아무리 우연의 일치로 만들어진 기술이라곤 해도 결코 쉽지 않은 일이었을 텐데 말이야."

이제 카미엘은 이것을 가장 효율적으로 사용할 수 있는 방안에 대해 강구해 보기로 했다.

*   *   *

며칠 후, 카미엘은 다시 고물상을 찾았다.

고물상 정 노인은 카미엘이 찾는 구식 컴퓨터를 찾아내어 건넸다.

"1990년대 초반에 나온 컴퓨터야. 지금은 쓰는 사람이 아예 없을 것 같군."

"작동은 됩니까?"

"글쎄, 워낙 오래된 물건이라 작동이 될지는 모르겠군."

원래 안 쓰는 물건이나 유행에서 도태된 물건은 사람들의 기억에서 잊히게 마련이다. 하지만 카미엘은 그런 물건들로 새로운 물건을 만들어내곤 했다.

마도 기계학에서 쓰이던 부품들은 원래 몬스터의 뼈와 힘줄 등으로 만들어지는데, 이곳에선 그것들이 꽤 값이 비싸서 원하는 것을 구하기가 힘들었다.

하지만 그 대신 인간이 철과 비철을 섞어서 만든 합금과 기계 공정을 거친 부품들은 그것을 대체하기에 부족함이 없었다.

물론 핵심이 되는 마나스톤 동력기나 중앙 통제장치 같은 물건들은 어쩔 수 없이 직접 제작해야 했지만 소모품이나 기체는 고철을 재단해서 충분히 만들 수 있었다.

카미엘은 아공간 파쇄기를 발사할 수 있는 기계를 만들 생각인데, 그 중앙 통제장치와 연결되는 프로그램 시스템 구축을 연구하는 중이다.

마나스톤 동력기에서 뻗어 나온 동력이 중앙 통제기를 거쳐 기계를 제어하게 되는데, 그 과정에서 필요한 보조 통제장치와 자동 사격 장치 등은 컴퓨터의 기판을 통해 구축할 수 있었다.

그런데 그것을 구축하는 데 가장 적합한 모델을 찾다 보니 우연치 않게도 90년대 컴퓨터가 물망에 오른 것이다.

최신형 컴퓨터는 스마트하긴 하지만 마도 기계를 만드는 데엔 적합하지가 않았다. 해서 카미엘은 몇 날 며칠을 실험한 끝에 90년대 초반에 나온 기계를 실험하는 단계까지 이르게 된 것이다.

만약 이번 실험에 성공한다면 굳이 아공간 기술자들을 데리고 다니면서 위험하게 작업을 할 필요가 없을 것이다.

카미엘은 컴퓨터와 기타 잡다한 고철들을 구매한 후 20만원을 노인에게 건넸다.

"물건값입니다."

"왜 이렇게 많이 주는가? 어차피 오래된 물건인데."

"그래도 이렇게 저에게 딱 맞는 물건을 구하기가 어디 쉽습니까? 감사해서 드리는 겁니다."

"허 참, 자네도 별 이상한 것에 다 신경을 쓰는군."

고물상 주인이 가장 기분 좋을 때가 별 생각 없이 가지고 있던 물건이 꽤 높은 값에 팔릴 때다.

20만 원이면 그리 큰돈은 아니었지만 마치 복권에 맞은 것처럼 기분이 좋아진 정 노인이다.

"오늘은 시장통 노인네들과 막걸리나 한잔해야겠군. 자네도 함께 마시겠나?"

"아닙니다. 오늘은 날이 아닌 것 같네요."

"으음, 그런가?"

"다음에 기회가 된다면 제가 꼭 대접하겠습니다. 시장통 수육에 동동주 한잔 어떠십니까?"

"그래, 좋지. 나중에 장기 한판 두면서 꼭 같이 마시세."

"예, 어르신."

카미엘은 즐거운 마음으로 실험실로 향했다.

*　　　　*　　　　*

보름 후, 카미엘은 드디어 아공간 파쇄기를 완성하였다.

총 200발의 탄환을 적재할 수 있는 아공간 파쇄기는 애벌레의 형태로 만들어졌다.

가칭 '라바'라 이름 지어진 이 기계는 카미엘의 영혼 통제장치와 연결되어 움직이는데, 타깃을 지정하면 자동으로 사격하게끔 만들어졌다.

또한 아공간 파쇄기의 기능 이외에도 크기 30㎝의 초고속 자폭 기계를 내장하고 있다가 유사시에 사용하도록 하였다.

대략 2미터에 이르는 이 기계는 방수, 잠수 기능을 갖췄으며 전기와 불에 강하게 만들어졌다.

지상, 수중, 원거리 포격까지 가능한 이 전천후 전투 기계는 앞으로 카미엘에게 많은 도움이 될 것으로 예상된다.

그는 라바를 가지고 전투 실험에 돌입하였다.

끼리리립.

카미엘은 라바에게 탄환과 비슷한 속도의 자폭 로봇을 표적으로 지정해 주었다.

"4번 탄환으로 사격."

끼리리립!

라바의 1번 탄환은 집중 포화를 위한 스플래시 탄이고 2번 탄환은 관통력이 좋은 마법 고폭탄이었다.

3번 탄환은 자폭 로봇이고 4번 탄환은 작지만 속도가 빠른 자폭 로봇이었다.

라바는 카미엘의 명령에 따라 4번 탄환을 장전시켰다.

철컥!

이윽고 라바는 자동 사격 장치를 통하여 자폭 로봇을 정확하게 명중시켰다.

피융!

퍼억!

지금은 명중 실험만 하고 있기 때문에 폭약이 들어 있지 않았지만, 만약 뇌관이 들어 있었다면 유탄보다 더 좋은 폭발력을 냈을 것이다.

카미엘은 박수를 한차례 쳤다.

짜악!

"그렇지! 일렉카둠을 대량으로 사냥한 것이 많은 도움이 된 모양이군."

비록 용병 생활을 하다가 뒤통수를 맞기는 했어도 그때의 사냥으로 인해 심장이 꽤 많이 회복된 상태였다.

이제 그의 심장은 대략 40%의 가동률을 자랑하기 때문에 어지간한 기계와 영혼석은 전부 다 소환하여 사용할 수 있게 되었다.

라바의 실험을 끝마친 카미엘은 이제 다시 집으로 돌아가기 위해 트럭에 쌍둥이 남매를 탑승시켰다.

"자, 집으로 가자."

트럭에 쌍둥이를 태우고 집으로 돌아가는 길, 카미엘은 짧은 거리이지만 꽤 울퉁불퉁한 승차감 때문에 아이들이 위아래로 흔들리는 것을 볼 수 있었다.

덜컹!

"꺄햐!"

"으아아앙!"

아린은 웃고 아델은 울고 카미엘은 인상을 확 찌푸렸다.

"많이 놀란 모양이구나. 원래 아린은 잘 울지 않는 성격이니……."

그는 차를 한 대 더 구매해야 한다는 것을 절감하였다.

"이래서 한 집에 차가 두세 대 있는 경우가 생기는 것이군."

요즘 카미엘은 벌이가 꽤 좋아서 차량을 몇 대 구매하는 것쯤은 그리 어려운 일이 아니었다.

그는 시간이 나는 대로 아이들을 위해서 차량을 한 대 더 구매해야겠다고 생각했다.

　　　　　*　　　　　*　　　　　*

　이른 아침, 카미엘이 동해시 중고차 매매 시장에 나와 있다.

　카미엘은 아이들을 태우고 다니기 좋은 대형 밴을 한 대 골랐다.

　2010년식 차량인 이 승합차는 옵션이 많고 전 차주가 연예인 매니저였기 때문에 카시트도 최상급이었다.

　하지만 사고가 나는 바람에 엔진룸이 거의 개판이었다.

　딜러는 이 차량은 딱히 권해주지 않았다.

　"내가 부녀회장님 소개로 왔다니까 솔직히 말씀드리는 겁니다. 괜히 아이 둘 태우고 다니다가 차 멈추면 난감하니까 어지간하면 새 차로 한 대 뽑으시죠."

　"그 정도로 상태가 안 좋아요?"

　"겉보기엔 멀쩡하죠. 하지만 속은 어떨지 장담을 못 하겠네요. 성능 검사를 마치긴 했어도 어쨌든 사고 차량이니까요."

　정말 성실하고 솔직한 사람이지만 카미엘에겐 엔진이 어떻든 크게 중요하지 않았다.

　어차피 자신이 타고 다니기 좋게 개조할 것이기 때문이다.

　"차라리 잘되었네요."

"잘되었다니요?"

"어차피 엔진의 상태는 크게 중요하지 않거든요."

"…차를 판단하는 기준이 참 특이하시네요."

"제가 요즘 차량 개조에 취미를 붙였습니다. 개조하면서 느낀 것인데, 어떻게든 엔진을 한 번 들었다가 놓은 것이 분해가 더 쉽더군요."

"그, 그런가요?"

딜러는 차량의 가격을 절반가량 낮춰주었다.

"아무튼 차량이 별로 좋지 않으니 싸게 넘겨 드릴게요. 원래 이 차는 현 시세론 3천쯤 합니다. 살 때는 기본 5천에 옵션까지 포함하면 1억이 넘지만 한 번을 타도 중고로 치니 값이 많이 떨어지지요. 거기에 사고까지 났으니 1,500만까지 해 드릴게요."

"그렇게 깎아주면 뭐가 남나요?"

"안 남죠. 다만 사고 차량이라 잘 팔리지 않으니 싼값에 얼른 팔아치우는 것이 저에겐 훨씬 더 이득이죠. 연식이 내려가면 그나마도 가격이 훨씬 더 떨어질 겁니다."

카미엘은 대체적으로 운이 참 좋은 사람이다.

아무리 부녀회장이 이 사람의 먼 친척이라고 해도 이렇게까지 성실하게 차량에 대해 설명해 주는 사람은 아마 없을 것이다.

물론 원래 팔려던 가격에서 아주 약간 남겨먹기는 했겠지만 이 정도면 애교라고 봐줘도 될 것이다.

"계약합시다."

"정말 괜찮아요?"

"나중에 군소리 안 할 테니 걱정하지 마세요."

"알겠습니다. 그럼 당장 준비하지요."

이제 차량을 가지고 가서 하루 이틀만 손보면 타기 아주 좋은 차가 탄생하게 될 것이다.

*　　　　*　　　　*

한적한 주말 오후, 카미엘은 쌍둥이를 차에 태우고 삼척시장으로 향했다.

새로 좋은 차도 한 대 뽑았겠다, 손자 손녀와 드라이브도 할 겸 장을 보기로 마음먹은 것이다.

솨아아아아!

카미엘이 창문을 살짝 열자 쌍둥이가 좋아서 소리를 지른다.

"꺄하!"

"어버버, 꺄하하하!"

"기분이 상당히 좋은 모양이군."

원래 카미엘은 주는 기쁨이 무엇인지도 잘 모르는 무지렁이
였지만 아이들을 키우면서 새로 세상을 배워 나가는 중이다.

그는 아이와 함께 부모가 성장한다는 의미를 아들이 아닌
손자 손녀를 통해 깨닫고 있는 것이다.

잠시 후, 카미엘은 시장 공용 주차장에 차를 주차해 놓고
두 아이를 들쳐 멨다.

카미엘이 장바구니를 달고 밖으로 나서자, 수많은 사람들이
아린, 아델 남매를 쳐다보았다.

"어머나, 인형이네, 인형!"

"아들이 너무 예쁜데? 외국인인가?"

연한 녹색 눈동자에 순백색 피부, 거기에 색이 진한 백금발
의 남매는 시선을 집중시키기에 충분했다.

심지어 어지간한 베이비 모델들보다 훨씬 더 나은 정도였으
니 삼척에선 거의 모르는 사람이 없었다.

그는 익숙해진 스포트라이트를 지나 중앙시장에 닿았다.

카미엘은 삼척 중앙시장에서 반찬 가게를 하는 최숙자를
찾아갔다.

최숙자는 카미엘이 누님이라고 부르는 할복장 아르바이트
아낙네 중 한 명이다.

그녀는 카미엘의 성격이 마음에 든다며 매번 먹을 것을 가
져다주곤 했다.

카미엘은 그녀의 마음 씀씀이가 너무 고마워서 반찬 가게에서 먹을 것을 잔뜩 사가지고 갈 생각이다.

그런데 시장 반찬 상가로 들어가 보니 태반이 다 아는 사람들이다.

"어라? 쌍둥이네가 여긴 어쩐 일이야? 이번에 용병 생활 시작했다는 얘기는 들었는데."

"주말이라 장 좀 보러 나왔습니다."

"쯧, 옆에 여자가 없으니까 남자가 아이들을 데리고 혼자 돌아다니네. 힘들지 않아?"

"괜찮습니다. 하루 이틀 일도 아니니까요."

상가 입구에서 닭을 파는 정미자가 카미엘에게 검은색 봉지를 하나 건넨다.

"자, 받아."

"이게 뭡니까?"

"가게에서 파는 건 아니고 그냥 양계장에서 먹어보라고 준 거야."

슬그머니 봉지를 열어보니 검은색 닭이 들어 있다.

"오골계?"

"어라? 외국에서 온 사람이 오골계는 어떻게 알아?"

"요즘 인터넷으로 공부하거든요. 그래서 어지간한 것은 다 알아요."

"하긴, 요즘 세상이 어떤 세상인데."

그녀는 카미엘에게 흰색 봉지도 하나 건넸다.

"냄비에 넣고 푹 고아서 먹어. 끓이는 김에 약재도 좀 넣고. 어제 경자 언니가 산에서 캐온 거래. 가시오갈피하고 황기 같은 것이 들어 있으니까 국물까지 쭉쭉 다 들이켜. 알겠지?"

"감사합니다, 누님. 그런데 절 이렇게 주면 누님은 뭘 먹습니까?"

"닭 장사하는 사람이 설마 닭 못 먹어서 걱정일까 봐?"

"아아, 그건 그러네요."

"아무튼 몸조심해. 남자는 몸이 재산이야."

"명심할게요."

카미엘이 정미자와 두런두런 얘기를 나누고 있는데 저 멀리에서 정아름이 걸어오고 있다.

"아주머니!"

"아름이 처녀 아니야? 자네는 또 어쩐 일이래?"

"반찬거리를 좀 사가려고요. 요즘 좀 바빠서 통 반찬을 못 해먹었네요."

"아름이 처녀가 요리는 잘하지. 손도 야무지고."

정아름이 카미엘에게도 인사를 건넸다.

"아델이 할아버지도 오셨네요?"

"네, 잘 지내셨죠?"

"요 며칠 쌍둥이가 없어서 그런지 보육원이 허전해요."

"워낙 사고뭉치라서 그렇겠지요."

정미자가 나란히 서 있는 카미엘과 정아름을 바라보며 한마디 했다.

"잘 어울리네. 선남선녀야."

"누님, 선녀는 맞는데 선남은 아니죠."

카미엘이 괜히 쑥스러워서 너스레를 떨자 정아름이 싱긋이 웃으면서 말했다.

"왜요? 두이 씨 정도면 선남이지."

"하하, 별말씀을······."

정미자는 장사를 하다 말고 나와서 주책을 떨었다.

"잘 어울린다. 둘이 한번 만나보지?"

카미엘은 실소를 흘렸다.

"하하! 에이, 누님도 참. 저는 아들이 있는 사람도 아니고 손자 손녀가 있는 사람인데요?"

"뭐, 그렇긴 한데 아름이 처녀도 한 번 다녀오지 않았나?"

"···그렇죠."

순간, 카미엘의 동공이 아주 커져 버렸다.

"아아, 아름 씨도 한 번······."

"네, 3년 전에요. 불행인지 다행인지 몰라도 아이가 없어서 혼자 살고 있지요."

"그랬군요."

겉으론 항상 미소를 띠고 있어서 그런 아픔이 있다는 것을 전혀 눈치채지 못한 카미엘이다.

'그래, 이 세상에 사연 하나 없는 사람이 어디 있겠어?'

조금 멍해진 카미엘에게 정아름이 말했다.

"아 참, 아델이 할아버님, 조만간 동네에서 새로 청년회를 조직한대요. 그때 시장통에서 청년들끼리 술 한잔하자고 하던데, 오실 수 있나요?"

"으음, 시간이 맞는다면 갈 수도 있겠지요. 하지만 저는 쌍둥이 남매가 있어서요."

"만약 시간이 되신다면 함께 가실래요?"

카미엘은 원래 주당이다. 하지만 그런 이유를 모두 제쳐 놓고서라도 그녀와 솔직담백한 얘기를 한 번쯤은 나누어보고 싶은 마음이 들었다.

"술을 마시는 자리에 기회가 된다면 당연히 갑니다."

"그럼 시간 날 때 연락 주세요. 연락처 찍어드릴게요."

"고맙습니다."

그녀는 카미엘의 전화에 자신의 전화번호를 입력하고 전화를 건 후 끊었다.

"제 핸드폰 번호이니까 시간 날 때 연락 주세요. 그리고 만약 아이들을 돌보시다가 모르는 것이 생기면 아무 때나 연락

주시고요."

"네, 알겠습니다."

동병상련이라고 했던가?

카미엘은 어쩐지 그녀가 조금 더 친근하게 느껴졌다.

제9장

마영신도시

이른 아침, 발록 용병 사무소로 사람이 찾아왔다.

식전 댓바람부터 다짜고짜 사람을 불러낸 그는 태영그룹 총괄이사라는 직함을 가지고 있었다.

"주영민입니다."

"태영그룹이라… 사람이 찾아온다고만 들었지 민간 기업에서 온다는 소리는 못 들었습니다만."

"제가 일부러 말씀드리지 말라고 했습니다."

"으음, 그래요?"

카미엘은 최영식에게 의뢰가 들어왔으니 클라이언트를 한

번 만나보라는 소리만 들었다.

그런데 군이 아닌 민간에서 왔다니 조금은 의외라는 생각이 들었다.

주영민은 다짜고짜 수표를 한 장 건넨다.

"착수금입니다."

"착수금이라는 것은 잔금도 있다는 소리군요?"

"예, 그렇습니다."

발록 용병 사무소의 일행은 수표에 적힌 금액을 확인하곤 화들짝 놀랐다.

"10억?!"

"착수금은 10억, 일이 끝나면 10억 더 드리겠습니다. 몬스터 부산물에 대한 권한까지 그쪽에서 갖는 것으로 하고 저희들을 도와주셨으면 합니다."

"어떤 일인지 말씀부터 좀 해주시지요."

주영민은 카미엘에게 전단지를 한 장 건넸다.

"일단 이것부터 좀 봐주시지요."

전단지에는 최근 예약 분양을 시작한 고창 마영신도시에 관한 광고가 실려 있었다.

마영신도시는 최근 5년 사이 서해안의 물류 시장이 모두 고창으로 몰리면서 채택된 도시계획이다.

몬스터의 침공으로 인해 서해 물류 시설이 모두 붕괴되고 주변 주요 시설이 몬스터에게 점령당함에 따라 물류 기지는 침공에서 가장 깨끗한 지역으로 이주하게 되었다.

이 과정에서 함평, 고창, 영광이 그 이주 지역으로 지목되어 한국의 서해 물류 기지가 전부 이곳으로 이전되었다.

순차적으로 물류 기지가 옮겨지고 국제항 15곳이 준공되면서 명실상부 최고의 물류 기지로 손꼽히게 된 고창이다.

그런 고창에 사상 최대의 신도시가 들어서게 된 것이다.

이곳 마영신도시에 투입된 자금만 수십조 원에 이르며 주상복합아파트, 쇼핑몰, 학교, 병원 등, 그 구성 역시 어마어마했다.

태영그룹은 마영신도시의 개발을 주도하고 주상복합아파트 단지를 건설한 기업이다.

몬스터 침공에 대비한 안전시설과 탄탄한 내진 설계 등으로 건설업계에선 단연 독보적인 태영그룹이지만 이들도 어쩔 수 없는 문제가 하나 있었다.

"지금 짓고 있는 건물 주변에 쇼핑몰이다 학교다 뭐다 난리도 아닙니다. 서울의 큰손들이 전부 고창으로 몰리고 있어요. 우리가 서해안 개발의 주도적 역할을 하고 있는 것이죠."

"축하합니다."

"…하지만 준공을 모두 마치고 이제 막 분양을 돌리려는 찰나에 봉변을 당하고 말았습니다."

그는 카미엘에게 보고서를 한 장 건넸다.

마영메가시티 아공간 조사 보고서

카미엘은 보고서의 이름만 보고도 이들이 왜 이렇게 초조
해하는지 알 것 같았다.

"다 된 밥에 코 빠뜨린 격이군요."

"…수십조 원입니다. 만약 우리가 분양을 못 하게 되면 마
영신도시는 다른 곳으로 이주할 수밖에 없어요. 그렇게 되면
우리는 물론이거니와 주변 회사들까지 전부 우르르 무너져
버릴 겁니다."

"으음, 그것참 안되었군요."

"그래서 말인데, 선생님들께서 이 아공간을 없애주셨으면
좋겠습니다."

아공간 파쇄기를 개발해 놓고 아직까지 성능 실험을 못 해
본 카미엘에겐 이번 사건이 아주 좋은 기회가 될 수도 있었
다.

그는 의뢰를 마다하지 않았다.

"용병단이 의뢰를 받았으면 일을 하는 것이 인지상정이지
요."

"그럼 하시는 겁니까?"

"일단 현장부터 좀 봅시다."

"그러시지요."

"내일 아침에 고창으로 출발하겠습니다."

카미엘은 이로써 두 번째 의뢰를 수주하게 되었다.

*　　　　*　　　　*

다음 날, 카미엘은 전북 고창으로 향했다.

국가에서 지원하는 아이돌보미 서비스와 공공 보육 시설에서 쌍둥이들을 번갈아가면서 봐주기로 해서 출장에 부담은 전혀 없었다.

새벽에 출발해서 정오가 다 되어서야 도착한 마영신도시는 이미 민간 경비 업체에서 곳곳에 진을 치고 있었다.

안전펜스가 신도시를 동그랗게 감싸고 있어서 마치 옹성을 보는 듯한 착각이 들었다.

이영훈이 다소 심각한 표정으로 말했다.

"…이거 판이 생각보다 훨씬 더 커지겠는데?"

"20억이 넘는 일인데 당연히 스케일이 클 수밖에."

잠시 후, 카미엘의 차가 주차장에 멈춰 서자 미리 기다리고 있던 태영그룹 비서실장이 그들을 맞이하였다.

그는 카미엘을 보자마자 꾸벅 고개를 숙였다.

"안녕하십니까? 안주영입니다."

"김두이입니다."

"말씀 많이 들었습니다. 이미 강원도 지방에선 아주 유명하시다고 하던데요?"

"워낙 업계가 좁아서 그렇겠지요."

한차례 인사가 끝난 후, 안주영은 일 얘기부터 꺼내 들었다.

"보시다시피 현재 이곳의 상태는 심각한 수준입니다. 어지간한 전쟁터보다 더 치열한 공방전이 벌어지고 있지요."

"아공간은 총 몇 개입니까?"

"주상복합에 4개, 쇼핑몰 단지에 2개, 신도시 개발상권에 4개입니다."

"규모는요?"

"주상복합의 아공간은 이미 어느 정도 팽창이 진행되어 있습니다. 쏟아져 나오는 몬스터도 중급 이상이지요."

"으음, 쉽지 않겠는데요?"

"일반적인 군인이나 용병들을 투입해 보았습니다만, 인명 피해만 커졌을 뿐 진전이 없었습니다. 그래서 선생님들을 모신 것이고요."

대략적으로 상황을 파악하긴 했지만 막상 작전에 투입되면 어떻게 될지는 아직 미지수다.

발록 용병단은 가능하면 빨리 일을 치르는 것이 좋겠다는데 의견이 몰렸다.

"아공간도 점점 진화를 하니 최대한 빨리 처치하는 것이 신상에 이롭겠습니다."

"그럼 언제부터 시작하실 겁니까?"

"일단 상황이 상황이니만큼 용병들을 조금 더 구해야겠는데요?"

"구인 광고를 내드릴까요?"

이영훈이 고개를 저었다.

"광주 지역에 아는 용병이 좀 있습니다. 실력이 제법이지요. 대장, 그 사람들을 한번 만나보도록 하자."

"그래, 그러지. 다만 구인 광고는 일단 내놓도록 하자고. 상황이 어떻게 될지 모르니."

카미엘과 일행은 광주 지역으로 자리를 옮겨 인력을 보충하기로 했다.

＊　　　＊　　　＊

전라도 광주의 한 선술집으로 카미엘 일행이 들어섰다.

딸랑!

선술집 안에는 다양한 분야의 용병들이 앉아 술을 마시고 있었다.

그중에서도 단연 눈에 띄는 사람은 바로 일명 '주팔이'였
다.

용병은 상당히 세분화된 분야를 가지고 있는데, 그중에서
도 스나이퍼와 의사, 폭약 전문가가 1군 직업이라 할 수 있었
다.

다른 직업과 마찬가지로 의사 용병들도 해외에서 파병 경험
이 있거나 실전 배치된 전력이 있어야 제대로 된 대우를 받을
수 있었다.

그중에서 주팔이는 단연 베테랑이라 볼 수 있었다.

이영훈이 주팔이에게 손을 흔들었다.

"어이, 고주망태!"

"딸꾹, 딸꾹! 이게 누구야?!"

두 사람은 아주 반갑게 악수를 나누며 서로를 반겼다.

주팔이가 카미엘을 바라보며 물었다.

"아아, 이 사람이 그 1군과 함께 일한다는 그 발록 용병단
단장이야?"

"김두이입니다."

"주영태요. 그냥 주팔이라고 부르면 됩니다."

박달제가 고개를 갸웃거린다.

"그나저나 별명이 왜 주팔이야? 그냥 본명 때문에 붙은 말

장난 같은 건가?"

"아니, 만날 술만 퍼마시는 돌팔이라고 해서 주팔이야."

"…그럼 주팔이의 주가 술 주 자였단 말이야?"

"그렇다고 볼 수 있지."

무슨 의사가 만날 술만 퍼마시나 싶었지만 카미엘에겐 그 사람이 어떤 사람인지는 중요치 않았다.

주정뱅이도 실력만 좋으면 장땡이라는 것이 바로 카미엘의 사상이었다.

카미엘이 주팔이에게 이번 일에 합류할 것을 제안했다.

"20억짜리 일이 있어요. 거기서 나오는 부산물도 모두 우리가 먹는 거고."

"오호, 조건이 꽤 좋은데?"

"수익금은 전부 똑같이 배분, 여기에서 몬스터 부산물 처리 비용만 제하고 갖는 겁니다. 어때요?"

"돈이 있는 곳에 용병이 있게 마련이지. 나는 콜!"

박달제가 조금 불안한 눈으로 주영태를 바라보았다.

"다 좋은데 저렇게 항상 취해 있는데 만약 응급수술이라도 벌어지면……."

"하하, 어차피 전장에서 수술을 못 하면 죽은 목숨인데 돌팔이고 나발이고 따질 겨를이 있겠어요?"

"뭐, 그건 그렇지만……."

카미엘은 박달제의 걱정을 한마디로 일축했다.

"일단 작전에 들어간 후에 타박을 해도 하라고. 지금은 그게 중요한 것이 아니니까."

"…대장이 좋다면 어쩔 수 없지."

작전 팀에서 가장 중요한 인력을 한 명 확보하긴 했지만 아직도 구해야 할 사람이 더 남아 있다.

이영훈은 이제 자리를 옮기기로 했다.

"목포로 가자. 그곳에 실력 좋은 스나이퍼가 있어."

"그러지."

일행은 이영훈을 따라 전라남도 목포로 향했다.

*　　　　　*　　　　　*

이른 새벽, 목포 앞바다에서 어선들이 한두 척씩 들어오고 있다.

저마다 만선의 기쁨을 안고 들어오는 어선들 사이에서 유독 텅텅 빈 배 한 척이 보인다.

카미엘은 텅텅 빈 배를 보며 고개를 가로저었다.

"아무래도 저 사람은 뱃사람 체질은 아닌 모양이로군. 요즘 서해고 남해고 제철 맞은 물고기들이 풍년이라던데."

"뭐, 평생 총만 잡고 살아온 이유가 나름대로 있지 않겠어?"

부둣가에 배를 댄 진돗개호의 선장 정도진은 아주 평온한 얼굴로 땅을 밟았다.

그는 어선이 텅텅 비어 있음에도 너털웃음을 지었다.

"하하, 날씨가 아주 좋군! 뱃놀이 한번 잘했다!"

"쓸데없이 긍정적인 사람이군."

카미엘은 정도진에게 다가갔다.

"안녕하십니까? 김두이라고 합니다."

"아아, 당신이 발록 용병단의 단장이시군요? 말씀은 많이 들었습니다."

이미 소문으로 카미엘에 대해서 전해 들은 정도진은 그를 아주 반갑게 맞이했다.

"안 그래도 영훈이 저 친구가 목포로 한번 내려온다고 말을 하긴 했지만, 이런 귀한 손님을 데리고 올 줄은 몰랐네요."

"귀하긴요, 그저 시골 촌부에 불과한데요."

정도진은 오늘 잡은 물고기 네 마리를 기꺼이 내어놓기로 했다.

"회나 한 접시 하시죠. 마릿수는 얼마 안 됩니다만, 씨알이 굵어서 회를 뜨면 꽤 먹을 만할 겁니다."

"대접을 해주신다면 마다하지 않겠습니다."

그는 일행을 진돗개호 선상으로 데리고 가서 싱싱한 횟감을 그 자리에서 잡아 회를 떴다.

아직 살아서 숨을 쉬는 횟감의 맛은 가히 일품이었다.

정도진은 일행에게 소주를 한 잔씩 돌렸다.

"차린 것은 없습니다만 많이 드세요."

"고맙습니다."

원래 태생이 낙천적이고 풍류를 좋아하는 정도진이라서 손님이 오면 무조건 술부터 꺼내놓고 본다.

사실 그는 손님이 올 것 같을 때만 잠깐 나가서 그날 먹을 것을 잡으면 더 이상 조업을 하지 않았다.

정도진에게 바다는 안식처이자 술집인 셈이다.

"그나저나 저를 찾아오신 이유가 궁금하군요."

"일 하나 같이 하시죠. 한 탕에 20억, 몬스터 시신도 우리가 먹는 겁니다."

"돈이 많이 걸렸다는 것은 판이 크다는 소리겠지요?"

"꽤 큽니다. 마영신도시 전체가 작전지역입니다."

"흠, 정말 판이 큰데?"

"만약 꺼림칙하다면 안 하셔도 됩니다."

정도진은 고개를 가로저었다.

"뭐, 총잡이가 사냥에 안 나가면 뭘 먹고 살겠습니까? 안 그래도 요즘 잔챙이 같은 일만 많아서 몸이 근질근질하던 참인데 잘되었군요."

"그럼 함께하시는 것으로 알겠습니다."

"당장 짐을 싸지요. 미룰 것 뭐 있겠습니까?"

이제 저격수까지 구했으니 남은 포지션은 단 하나였다.

이영훈은 자신이 잘 아는 폭약 제조 기술자를 찾아갈 것을 제안했다.

"이 팀에서 홍일점을 찾아가야 할 차례군."

"홍일점?"

정도진은 한숨을 푹 내쉬었다.

"…그 괄괄한 아줌마를 꼭 데리고 와야겠어?"

"이 방면에선 전문가 아닌가?"

"뭐, 그렇긴 하지."

대부분의 몬스터가 총탄으로 처리가 가능하지만 중급 이상의 몬스터가 떼로 나타나면 일반적인 총탄으로는 사냥이 어렵다.

그래서 다양한 종류의 탄환이 필요하지만 탄약을 제조하는 공장의 수가 한정되어 있어서 전문적으로 폭약이나 탄환을 개량, 제작하는 사람들의 몸값이 높았다.

폭약 제조 기술자는 사냥을 떠나는 데 있어서 없어선 안될 필수적인 인원이라 볼 수 있었다.

"해남으로 가자."

일행은 카미엘의 차를 타고 전라남도 해남으로 향했다.

전라남도 해남의 한 시골 마을에 신나는 음악 소리가 들려 오고 있다.

빠빠바바바밤~

멀리서 음악 소리를 들은 카미엘이 고개를 갸웃거렸다.

"취미가 음악인가?"

"아니. 확실히 음악은 아니야."

잠시 후, 카미엘이 음악 소리를 따라 차를 몰고 가보니 웬 체력 단련장이 눈에 들어왔다.

야산을 깎아서 만든 체력 단련장에는 근육을 키울 수 있는 기구란 기구가 죄다 구비되어 있었다.

그 가운데에서 민소매 티셔츠에 짧은 반바지를 걸친 여자 가 신나게 운동을 하고 있다.

그녀는 철봉에 매달려 쉬지 않고 턱걸이를 하다가 카미엘 일행을 맞았다.

"새까맣군. 팀을 꾸렸다더니 고작 아저씨 몇 명이 전부 야?"

"…미안하군, 새까매서."

용병 업계에는 대체적으로 여자가 적은 편인데, 제아무리 신체 능력이 뛰어나다고 해도 피가 튀는 전장에서 살아남는 것이 힘들기 때문이다.

그중에서도 여자 폭약 제조 전문가는 거의 찾아볼 수가 없었다.

카미엘은 그녀에게 악수를 건넸다.

"김두이입니다."

"…벌써부터 통성명을? 이 아저씨, 아주 구식이구먼?"

"……?"

"사람이 천천히 알아가는 맛이 있어야지. 하여간 누가 남자 아니랄까 봐 보는 눈은 있어가지고."

그녀는 아주 날렵하고 탄탄한 몸매의 소유자이다. 또한 용병치곤 꽤 높은 수준의 미모를 자랑하고 있었다.

더군다나 남자들만 우글거리는 곳에서 일하다 보니 따르는 사람이 많을 수밖에 없었던 것이다.

덕분에 콧대가 상당히 높은 그녀였지만 카미엘은 크게 신경 쓰지 않았다.

"그럼 통성명 대신 일 얘기부터 합시다. 보수 20억에 몬스터 시신에서 나오는 수익까지 우리가 다 챙기는 일입니다. 보수는 1/N, 세금은 나라에서 절충하기로 계약을 맺었습니다. 어때요? 하실 생각이 있습니까?"

"여기 있는 사람들이 나를 건드리지 않는다고 약속하면 생각해 볼게요."

카미엘이 주변을 둘러보자 다들 고개를 가로저었다.

"…만약 치근덕거리면 내 손에 장을 지지도록 하지."

"뭐예요? 그건 그것 나름대로 기분이 나쁜데?"

"어느 장단에 춤을 추라는 것인지 모르겠군."

"난 당신들이 어쩌면 이렇게 여자를 모르는지 이해가 안 되네요."

"여자를 모르는 것이 아니라 당신이 어디로 튈지 모르니까 그렇지."

이곳에서 카미엘 한 사람만 빼곤 그녀를 잘 아는 모양이다.

"다들 구면인 것 같은데, 잘되었군요. 그렇다면 일을 하기가 더 편하겠어요. 어떻습니까? 하실 생각이 있습니까?"

그녀는 뾰로통하게 답했다.

"…다른 것은 몰라도 조건은 나쁘지 않으니까."

"그럼 짐 싸서 출발하시죠. 지금도 아공간이 자라고 있어서 시간을 지체하면 일만 더 힘들어질 뿐입니다."

"좋아요. 여기서 다들 조금만 기다려요. 짐 싸서 나올게요."

이제 마지막 폭약 제조 기술자까지 구했으니 필수 인원은 전부 구성된 셈이다.

*　　　　*　　　　*

태영그룹의 총수 성대복 회장의 산중 사가에 총괄이사 주영민이 들어서 있다.

산소호흡기에 의지하여 간신히 목숨을 부지하고 있던 성대복이 주영민에게 물었다.

"…신도시 사업은 어떻게 되었느냐?"

"그것이……."

"대영이 자식이 또 훼방을 놓은 것이냐?"

"그런 것 같습니다. 송구합니다, 회장님."

성대복이 주영민에게 물었다.

"영민아."

"예, 회장님."

"만약 네가 대영이와 맞붙는다면 이길 자신이 있겠느냐?"

"자신은 없습니다. 하지만 목숨을 걸 의지는 충분하다고 생각합니다."

"후후, 그래."

성대복은 주영민에게 가까이 오라는 손짓을 보냈다.

"이, 이쪽으로……."

"예, 회장님."

그는 주영민의 손을 꼭 잡았다.

"영민아, 우리 가문을 지켜줄 사람은 너 하나뿐이다."

"예, 큰아버지."

성대복은 여동생 성대회가 사고로 죽고 난 후 그의 아들 주영민을 거두어 양자로 입적시켜 길러냈다.

그는 가문의 유일한 후계자로 주영민을 지목했지만 정통한 성씨 일가가 아니라는 이유로 배척을 받았다.

주영민의 숙부이자 성대복의 동생 성대홍은 그런 그를 밀어내고 스스로 회장이 되고자 하는 야망을 불태우고 있었다.

어차피 누이는 일찌감치 세상을 떠났고 그나마 하나 남은 형마저 절명할 위기에 처해 있으니 그에겐 절호의 기회나 마찬가지였다.

성대복은 그런 주영민을 차기 회장으로 만들기 위해 어려서부터 독하게 그를 훈육하였다.

이미 초등학교를 졸업하면서 검정고시로 고등학교 졸업장을 따고 미국, 일본, 중국 등으로 유학을 다니면서 7개 국어를 마스터하였다.

그 이후에는 각 나라에서 학위를 취득하고 한국으로 들어와 사법 고시, CPA 등을 패스하여 상상 이상의 스펙을 쌓았다.

그 과정에서 주영민은 상당한 고통을 느꼈으나 앞으로의 미래를 생각하여 참고 또 참아온 것이다.

성대복은 그가 지칠 때마다 먼저 떠난 누이동생을 생각하며 다그치고 또 다그쳤다.

"이제는 네가 우리 집 가장이다. 이미 네 작은아비는 가망이 없어. 네 동생과 숙모를 지켜줄 사람은 너 하나뿐이다."

"예, 큰아버지. 명심하겠습니다."

그는 주영민에게 주식양도 각서를 내밀었다.

"유언장과 함께 첨부된 주식양도 각서다. 내 앞으로 된 지분과 네 지분, 그리고 혜민이의 지분을 모두 다 합치면 알아서 회장으로 추대될 것이다. 그러니 그 이후부터는 네가 헤쳐나가야 할 길이 되는 것이지."

"하지만 큰아버지, 백부께서 아직 살아 계신데……."

"네 눈에는 내가 살아 있는 것으로 보이느냐?"

"…그런 말씀 마십시오."

성대복은 그의 손을 강하게 움켜쥐었다.

"…이놈아, 독해져야 한다! 독해지지 못하면 잡아먹히고 말아! 그것이 바로 세상이다!"

"……."

"눈물은 삼키고 비수는 숨겨라. 웃음은 내뱉고 울분은 가슴에 품어라. 그리고 때가 되었을 때, 네가 숨기고 있던 비수에 울분을 담아 토해내는 것이다. 그게 바로 회장의 자리이다. 알겠느냐?"

"예, 큰아버지."

약간은 흐트러져 있던 주영민의 눈동자가 이채롭게 빛나는 것 같았다.

"주 회장, 아니지, 성 회장. 네 외할아버지께서 일구어놓으신 이 제국을 반드시 지켜내야 하네. 그래야 자네의 부친과 모친의 억울함도 풀어질 것이야."

"명심하겠습니다."

성대복은 조용히 눈을 감았다.

"…행여나 내가 죽었다고 해서 슬퍼하거나 노여워하지 말게. 그리고 내가 죽었다는 사실은 당분간 비밀로 해주게. 이미 고문 변호사에게 언지를 주어 유서에도 남겨두었지만 저놈이 내가 죽었다는 사실을 알면 무슨 짓을 벌일지 몰라. 그러니 방비가 될 때까진 죽어도 모른 척해줘."

"예, 알겠습니다."

두 사람은 눈빛을 마주하고 있지 않았지만 이미 그 뜻은 모두 다 통해 있었다.

*   *   *

마영신도시 서부 지역 항구.

끄에에에엑!

몬스터의 곡소리가 들려오는 이곳 항구에 발록 용병단이

들어와 있다.

항만 창고들 사이에 몸을 숨기고 있던 용병단원들이 하나둘 움직이기 시작했다.

이번 작전의 첫 번째 목표 지역은 항구에서 대략 5㎞ 정도 떨어진 신도시 상가 지역이다.

이곳에서부터는 차량이나 헬기 등을 운용할 수 없기 때문에 오로지 도보로 이동할 수밖에 없었다.

카미엘은 무전기를 통해 라디오의 감도를 체크하였다.

"감도를 체크하겠다. 잘 들리나?"

―아주 잘 들린다.

"지금부터 작전지역 알파로 이동한다."

―알겠다.

용병단은 항구 제1번 창고를 알파로 지정하고 이곳을 공격 거점으로 사용할 생각이다.

카미엘은 쌍안경으로 주변을 살폈다.

항만 창고 주변으로는 아직까지 몬스터가 보이지 않았지만 불과 1㎞ 앞으로만 가도 리자드맨과 머맨이 대거 운집해 있었다.

"이동하자."

―입감.

발록 블레이드를 앞세운 카미엘이 속보로 알파 지역에 닿자, 서서히 몬스터 특유의 악취가 풍겨오기 시작했다.

카미엘은 이곳에서 잠시 대기하면서 지하 수로의 루트를 다시 한 번 점검하였다.

지하 수로에서 대략 10분쯤 걸어가면 첫 번째 아공간이 있는 상가 밀집 지역 A의 연결 통로가 나온다.

용병단은 이곳에서 첫 번째 아공간 파쇄를 실시하고 곧장 옥상까지 치고 올라가 와이어를 연결시켜 옥상과 옥상을 타고 넘어 다닐 계획이다.

지대공 공격을 하는 몬스터는 있었지만 공중을 날아다니는 몬스터는 다행히 없기 때문에 가능한 일이다.

카미엘은 알파 지역의 창고 문을 열고 들어가 그 안을 살펴보았다.

설탕과 식용유, 참기름 등이 쌓여 있는 이곳은 부식자재 동원을 위해 만들어둔 창고인 것 같았다.

다행히도 몬스터는 설탕이나 참기름을 싫어하기 때문에 알파 지역이 점령을 당하지 않은 것으로 보였다.

"지하 수로를 확인하겠다. 잠시 대기."

카미엘은 기계 로봇을 소환하여 그것을 지하 수로 아래로 내려 보냈다.

―위잉, 끼릭, 끼릭.

두 쌍의 거미 다리를 가진 기계 로봇은 지하 수로의 장애물을 자유자재로 넘어 다닐 수 있지만 공격 기능은 갖추고 있지 않았다.

그는 통제기를 이용하여 기계 로봇과 시야를 교환하였다.

스스스스.

카미엘은 로봇을 통하여 지하 수로의 전경을 살폈다.

"대체적으로 깨끗하군. 다행히 이곳 지하 수로에는 몬스터가 창궐하지 않은 모양이야. 브라보 지역까지는 무난히 넘어갈 수 있겠어."

─그럼 저격수가 먼저 내려가서 엄호할 테니 차례대로 내려오라고.

"알겠다."

정도진이 가장 먼저 내려가 저격 위치를 선점하고 난 후 곧바로 나머지 인원이 줄을 타고 내려왔다.

쉬이이이익!

밧줄을 타고 아래로 내려오니 맑은 물이 자박자박하게 흐르고 있다.

"물이 맑은데?"

"이상하군. 이곳은 분명 하수도인데 어째서 물이 이렇게 맑은 거지?"

카미엘은 한 가지 가설을 세웠다.

"슬라임이다."

"슬라임?"

"슬라임은 물속에 떠다니는 부유물을 먹고 살아. 만약 슬라임이 대량으로 서식하고 있다면 물이 맑을 수밖에."

"으음, 슬라임이 그런 역할을 하는 줄은 몰랐는데?"

"워낙 잡식성이라서 쓰레기도 양분으로 변화시켜. 몸 전체가 거름망인데다 이상한 효소 같은 것을 분비시키던데, 정확히 뭔지는 잘 모르겠어."

대륙의 방랑자들은 물이 없는 곳을 지날 때엔 일부러 슬라임을 구해서 통에 가두어 데리고 다니기도 했다.

액체 상태에다가 무게도 별로 나가지 않아서 소지가 용이했기 때문이다.

하지만 슬라임이 무더기로 서식하는 지역은 잘못하면 사람이 분해되어 깨끗한 물로 변할 수도 있어서 극도로 조심해야 한다,

"만약 이곳에서 슬라임이 오폐수를 머금고 한 달 이상 살았다면 사람도 잡아먹을 거야. 어지간하면 전투는 피하는 것이 좋겠군."

"그래, 아공간으로 갈 때까지 괜히 이목을 끌어서 좋을 것은 없으니까."

일행은 지하 수로를 따라 브라보 지역으로 향했다.

＊　　　＊　　　＊

제1 상가 지역으로 카미엘 일행이 도착하였다.

지하 수로 문을 열고 상가 안으로 들어온 일행은 상가 안에 즐비해 있는 슬라임을 바라보았다.

"이곳에도 슬라임이?"

"아무래도 이곳 아공간에선 슬라임만 끝도 없이 쏟아져 나오는 것 같아."

"저놈들이 만약 진화를 하게 된다면 어떤 형태로 분화할까?"

"경우의 수는 아주 많지만 보통은 페러사이트나 도플갱어의 형태로 분화한다고 볼 수 있지."

페러사이트는 인체나 몬스터의 신체로 들어가 뇌하수체를 장악하고 그를 숙주로 삼는 몬스터이다.

몬스터 자체에는 힘이 없지만 미노타우르스와 같은 흉수를 제물로 삼아 조종하기 때문에 사실상 그 힘에는 한계가 없다고 보는 것이 맞았다.

또한 도플갱어는 햇빛에 반사된 물체의 형상을 그대로 본떠 변신하는 능력을 가지고 있었다.

사냥꾼의 능력을 그대로 구현하기 때문에 가장 사냥하기 까다로운 몬스터로 손꼽히곤 한다.

"잠깐, 그렇다면 저놈들과 지금 마주친다면······."

"최소한 대대급 이상의 병력과 싸워야 할지도 모르지."

"제기랄, 슬라임 천지라고 우습게 볼 것이 아니로군."

그나마 다행인 것은 슬라임 계열의 몬스터는 얼음에 약하기 때문에 쿠르드를 현신시키면 어지간한 문제는 해결될 수가 있다는 점이다.

카미엘은 지도를 펼쳤다.

"일단 우리는 엘리베이터를 이용해서 9층까지 올라간다. 그리고 그곳에서 9층에 있는 몬스터를 박멸하고 아공간을 파쇄하는 거지. 그런 이후에 옥상을 통해서 다시 탈출하도록 하자고."

"만약 엘리베이터가 놈들에게 장악을 당했다면?"

"엘리베이터 위에 달린 와이어를 타고 올라가야지, 뭐. 그게 가장 빠른 방법 아니겠어?"

"으음, 그건 그렇겠군."

카미엘과 일행은 지도를 접고 신속하게 엘리베이터까지 이동하였다.

스윽, 스윽.

그들이 움직이는 곳을 따라서 슬라임들이 아주 조용히 몰려들기 시작했다.

폭약 제조 기술자 최현주는 바닥에 질소로 만들어진 수류탄을 집어 던졌다.

퍼엉!

질소 수류탄이 터지면서 사방으로 냉각제가 흘러나와 순식 간에 슬라임들을 얼려 버렸다.

쉬이이이이익.

덕분에 동료들은 제법 수월하게 엘리베이터를 기다릴 수 있 게 되었다.

"오호, 머리가 좋은데?"

"이래 봬도 카이스트 출신 화공학자라고. 머리 하나는 자신 있어."

잠시 후, 엘리베이터가 일행의 앞에 멈추어 섰다.

딩동!

이윽고 엘리베이터 문이 열리자, 그 안에서 사람이 우르르 쏟아져 나왔다.

뚜벅, 뚜벅!

용병단은 아연실색하며 한 발자국 물러날 수밖에 없었다.

"사, 사람? 이곳에 사람이 있을 수도 있나?"

"아니야. 저들은 사람이 아니야. 잘 봐. 만약 사람이라면 저 렇게 뻣뻣할 수가 없어."

엘리베이터에서 쏟아져 내린 사람들은 마치 목각 인형처럼 부자연스럽게 걸어 엘리베이터에서 내렸다.

카미엘은 그중에 한 명의 머리통을 주먹으로 후려 쳐버렸다.

퍼억!

그러자 머리통이 물처럼 흘러내려 다시 그 형상을 바꾸었다.

휘리리리릭!

놈은 여자의 몸통에 카미엘의 머리를 가진 괴물로 다시 태어나 주변을 놀라게 만들었다.

"이, 이런 젠장! 깜짝 놀랐네!"

"놈들은 외부의 충격을 받으면 물처럼 녹아 다시 사라져 버려. 도플갱어를 제거하고 나면 곧바로 9층으로 올라가자고."

"오케이!"

용병단은 카미엘을 필두로 진형을 갖추었다.

철컥!

"사격 개시!"

두두두두두!

용병단의 화기가 불을 뿜자 엘리베이터 안에 들어가 있던 도플갱어들이 미친 듯이 달려 나오기 시작했다.

뚜두두둑, 뚜두두두둑!

관절이 제멋대로 틀어져 마치 사람의 관절을 부러뜨린 것 같은 착각이 들었고, 그 덕분에 제대로 된 공격은 펼치지 못했다.

퍼버버버벅!

총탄이 놈들에게 틀어박히자 슬라임들은 물이 되어 다시 지하로 흘러내려 갔다.

하지만 문제는 엘리베이터 벽면을 타고 또 다른 슬라임들이 줄을 지어 들어서고 있다는 점이다.

꿀렁, 꿀렁!

그 때문에 놈들을 죽여도 죽여도 끝도 없이 재생성되고 있었다.

"제기랄, 지하 수로에 있던 놈들이 정말 슬라임이 맞나 봐!"

"…아무래도 엘리베이터는 무리겠어."

잠시 후, 뒤를 이어 기어온 도플갱어들이 유전자 정보를 공유하여 카미엘 일행을 그대로 본뜨기 시작했다.

구구구구국!

철컥!

―사격 개시!

두두두두두두!

놀랍게도 놈들은 일행이 가지고 있는 총기까지 그대로 재현하여 공격을 펼쳤다.

카미엘은 아공간에서 사각 방패를 소환하였다.

"…소환!"

사각 방패는 손잡이만 덜렁 달린 형태였는데, 이것에는 프로텍션 마법이 걸려 있어서 무형의 쉴드를 생성해 낸다.

팅팅팅팅!

날아오던 총알이 허공에 걸려 바닥으로 떨어져 내렸다.

이제 카미엘은 이것을 방패로 삼아 비상계단으로 올라가기로 했다.

"내 뒤로 바짝 붙어! 잘못했다간 벌집이 된다!"

"오케이!"

카미엘은 무서울 정도로 무지막지하게 파상 공세를 퍼붓는 도플갱어에게 선물을 하나 안겨주기로 했다.

그는 쿠르드의 영혼석을 검에 빙의시켰다.

끼이이이잉!

"프로즌 에리어!"

원의 형태로 된 프로즌 에리어는 대략 10분 동안 직경 50미터 안의 모든 생명체를 얼려 버릴 것이다.

도플갱어들은 이곳에 발을 들이자마자 그 즉시 얼음처럼 굳어버렸다.

고오오오오오!

쫘드드득!

영하 300도 이하의 엄청난 냉기를 가진 프로즌 에리어는 도플갱어가 들어오는 족족 얼음으로 만들어 버렸다.

일행은 카미엘의 신묘한 마법에 감탄사를 연발하였다.

"저, 저게 도대체 무슨 신무기야?!"

"마치 거대한 힘을 가진 몬스터를 보는 기분이군."

"다행히도 나는 몬스터가 아니야. 모든 것은 인간만이 할 수 있는 것들이다."

카미엘은 비상구의 문을 닫고 그 앞에 프로즌 클라우드를 잔잔하게 깔았다.

쉬이이이익!

검은색 냉기의 구름이 입구를 막아서면서 슬라임 계열 몬스터들의 접근을 미연에 방지하였다.

이제 일행은 그들의 앞에 있는 계단만 조심하면 된다.

하지만 이 세상의 모든 일은 인간이 바라는 것과는 정반대로 흘러갈 때가 많다.

끼우우우욱!

"페러사이트?!"

"숫자가 꽤 많은데?!"

"별수 없지! 싸우는 수밖에!"

카미엘은 발록 블레이드를 앞세워 전투에 임했다.

*　　　*　　　*

서울 강남의 한 요정, 국회의원 장석우와 김진태가 한자리에 앉아 있다.

두둥, 탁!

"어얼쑤, 좋다!"

두 국회의원이 홍겨운 술자리를 이어가고 있는 가운데 요정의 문이 열리며 태영그룹 부회장 성대홍이 들어섰다.

장석우와 김진태는 성대홍을 바라보며 두 팔을 활짝 벌렸다.

"어이, 성 부회장!"

"벌써 한잔씩들 하셨습니까?"

"걸쳤지! 자네도 한잔하지!"

"예, 지금 들어갑니다."

성대홍이 자리에 앉자 한복을 곱게 차려입은 세 명의 여자가 들어왔다.

"아하하, 자네를 위해서 특별히 한 사람 더 불렀어! 자네는 아랫도리가 따뜻해야 술이 잘 들어가지 않나?"

"역시 제 생각해 주시는 것은 의원님들밖에 없습니다."

"이게 바로 상부상조라는 것 아니겠나?"

"감사합니다. 의원님 덕택에 아주 시원하게 코 풀고 가겠습니다."

"하하, 자네와 같은 기운을 가진 사람은 한 번으론 안 돼.

위, 아래, 뒤로 한 번씩 빼내줘야 직성이 풀린다고,"

"의원님께선 모르시는 것이 없습니다."

이윽고 성대홍의 양쪽으로 여성이 착석하고 그의 가랑이 사이로 한 여성이 들어갔다.

잠시 후, 지퍼를 내린 성대홍의 눈이 스르르 감겼다.

"후우… 스킬이……."

"자네를 위해 내가 특별히 선별했다고 하지 않던가?"

"여, 역시!"

장석우는 그의 앞에 술을 따르며 물었다.

"어때? 프로젝트는 잘 진행되고 있나?"

"말씀하신 대로 한바탕 난리를 쳐놓았습니다. 아마 지금쯤 이면 회장 쪽에서도 아차 싶을 겁니다."

"후후, 그놈의 허수아비 회장이 아차 싶다고 뭘 어쩌겠 나?"

"그래도 없는 것보다는 낫습니다. 저런 허수아비가 없었다 면 우리가 이렇게 재미있게 술을 마실 수 있겠습니까?"

"하하! 그러고 보니 그렇군! 그 친구, 오래 살려둬야겠어?"

"최소한 선거 끝날 때까진 호흡기 달아놓는 것이 좋지 않겠 습니까?"

"그러게 말이야."

잠시 후, 성대홍이 몸을 부르르 떨었다.

"그, 그만! 이 정도면 되었다."

"네, 부회장님."

이제 그는 다시 지퍼를 올리고 술잔을 들었다.

"건배하시죠!"

"그래, 그럼 그럴까?"

성대홍이 아주 우렁차게 외쳤다.

"우리의 사랑과 건강을 위하여! 건배!"

"건배!"

티잉!

최고급 호박석으로 만들어진 술잔은 부딪치는 소리부터가 달랐다.

"어허, 좋다!"

잠시 후, 요정의 테이블로 나체 상태의 미녀가 가지런히 누운 상태로 배달되었다.

그녀의 위에는 금가루를 뿌린 다금바리와 참치회가 정갈하게 차려져 있다.

최고급 횟감에 이렇게 아름다운 여성까지 대령해 나오니 세 남자의 얼굴에 화색이 돌았다.

성대홍이 입이 귀에 걸린 채로 말했다.

"그나저나 못 보던 아이가 온 것 같습니다?"

"아아, 오늘 새로 왔다고 하더군. 이름이 명화라고 하던가?"

"네, 의원님."

"그래, 그래! 아무튼 이 정도면 꽤 반반하고 몸매도 꽤 쓸 만하지 않나?"

"그러게 말입니다."

세 사람은 안주로 회를 몇 점 집어먹은 후 다시 잔을 채웠다.

성대홍이 잔을 채우는데 김진태가 말했다.

"이건 그냥 노파심에서 하는 소리인데 말이야, 그 1군에서 무슨 해결사 같은 것을 보낸다고 하던데, 그놈들은 뭐야?"

"발… 발 뭐시기라고 하던데, 잘은 모르겠습니다."

"뭐야? 용병이야, 군인이야?"

"1군에서도 정체에 대해선 발설하려 하지 않습니다. 다만 놈들이 가진 비장의 카드라는 것만은 확실합니다."

"으음, 그래?"

"호암그룹 신유호 회장도 이번에 제대로 한 건 건지려다가 삼척에서 엎어졌다지요. 듣기론 그놈들이 중간에서 커트를 쳤다고 하더군요."

두 국회의원은 놀라움을 금치 못했다.

"천하의 신유호 회장이 뒤통수를 맞았다?"

"이번 사건으로 신유호 회장의 타격이 크답니다. 다만 아쿠 아리움 건축과 워터파크 건립 등이 남아 있으니 잘하면 우리에게도 순번이 돌아오지 않겠습니까?"

"암, 그래야지. 원래 물 들어올 때 노 젓는 것이라고 안 하던가"

"조만간 새로운 프로젝트를 들고 찾아뵐 테니 힘 좀 써주십시오."

"하하, 힘을 써달라니, 한배를 탄 식구끼리 그런 말은 좀 섭섭하네."

"아무리 같은 식구라도 제가 한 수 아래인데 당연히 기어야지요. 연륜으로 보나 능력으로 보나 의원님들께서 저를 밀어주시는 그림 아니겠습니까?"

"하하하! 그런가?"

장석우는 그의 잔을 받곤 기분 좋은 투로 말했다.

"아 참, 그리고 자네 딸 말이야. 혹시 혼처가 없으면 내가 중매 좀 서도 괜찮겠나?"

"중매요?"

"이번에 3선에 도전하는 위종국 의원이라고, 내가 잘 아는 의원이 한 명 있어. 그 사람의 인맥이 우리에게 큰 도움이 될 것 같아. 그룹 총수들과도 연이 깊고 말이야. 해서 자네 딸에게 위씨 일가와 오작교를 놓아주려 하네. 지금 그 집안에 다리 놓으려고 줄을 서 있다던데, 자네가 오케이만 하면 내가 힘을 써줌세."

성대홍은 고개를 꾸벅 숙였다.

"아이고, 의원님! 정말 제 생각해 주시는 분은 의원님뿐입니다! 제 딸 혼처까지 알아봐 주시다니 말입니다!"

"자고로 여자는 시집을 잘 가야 해. 아무리 능력이 좋아도 남편이 꽝이면 인생살이 힘들어지거든. 자네 딸은 앞으로 꽃길만 걷게 될 걸세."

"감사합니다! 정말 감사합니다!"

"하하, 별말씀을 다 하시는군."

"자자, 한잔하세!"

세 사람의 술자리가 점점 더 무르익어 가고 있다.

*   *   *

페러사이트 무리를 뚫고 9층으로 올라온 카미엘 일행은 이미 지쳐서 녹초가 되어버렸다.

아공간을 통해서 뿜어져 나오는 슬라임이 몬스터가 죽는 족족 빈자리를 채워 죽여도 숫자가 줄지 않았기 때문이다.

그나마 카미엘의 선방이 없었다면 지금쯤 이들은 모두 숙주 노릇이나 하다가 죽어버렸을지도 모른다.

최현주는 9층에 올라서 잠시 숨을 돌리는 동안, 카미엘을 괴물 쳐다보듯이 보며 물었다.

"이봐요, 아저씨. 아저씨 정체가 뭐예요?"

"사정이 좀 있습니다. 이 세상에 사정 하나쯤 없는 사람 없 잖아요?"

"아무리 그래도 막 얼음을 소환하고 그래요? 아까 보니 로 봇도 어디선가 마구 튀어나오던데."

"그래도 나는 확실한 아군 아닙니까? 그럼 된 것이지요."

"뭐, 그렇긴 하지만……."

용병 세계에 호구조사는 불필요해하는 것을 잘 알고 있는 나머지 두 남자는 그저 입을 다물고 있을 뿐이다.

9층에서 잠시 휴식을 취한 카미엘이 자리에서 일어섰다.

"아무튼 쉴 만큼 쉬었으면 다시 출발합시다."

"…오늘따라 엉덩이가 참 무겁네."

카미엘이 자리에서 일어나 지도를 펼치자 그 주변으로 용병 단이 모여들었다.

그는 9층의 구조를 정확히 파악하여 작전을 짰다.

"아무래도 9층에는 조금이나마 약해진 몬스터들이 있을 겁 니다. 그러니 정면 돌파를 하는 편이 좋겠어요."

"슬라임을 얼려가면서 아공간 앞에 도달하면 게임은 예상 외로 쉽게 끝나겠군."

"그렇긴 하지. 그래도 힘든 것은 마찬가지야. 알지?"

"…너무 잘 알아서 탈이야."

그는 더 이상 지체할 시간이 없다고 느꼈다.

"어서 싹 밀어버리고 이곳에서 하루 푹 쉬었다가 다음 구역으로 이동합시다. 우리도 잠이라는 것을 좀 자야 할 것 아닙니까?"

"그래요, 그럽시다."

카미엘이 발록 블레이드를 뽑아냈다.

스룽!

이곳에서 대략 400미터쯤 떨어진 곳에 아공간이 있으니 쉬지 않고 달린다면 오늘 안에 사냥이 끝날 수도 있었다.

카미엘은 300미터 앞에서 잠시 멈추어 섰다.

"이쯤에서 멈춥시다. 다음은 아공간 파쇄기가 알아서 처리할 겁니다."

"오오, 드디어 그 기계를 시연해 볼 수 있는 건가?"

이영훈과 박달제는 이미 라바의 외형과 포탄 시연을 구경해 보았기 때문에 그 진가가 얼마나 대단할지 몹시 기대하고 있었다.

카미엘은 아공간에서 라바를 소환해 냈다.

스스스스스!

끼리리리릭?

그는 적외선 쌍안경으로 아공간의 위치를 확인했다.

그 결과, 300미터 앞에 있는 아공간 주변으로 엄청난 숫자의 슬라임이 진을 치고 있었다.

"자, 그럼 포격을 시작해 볼까?"

라바는 카미엘이 지정한 목표물이 잘 보이는 곳으로 꾸물꾸물 기어가서 바닥에 빨판을 대고 몸체를 고정시켰다.

뿍!

몸체가 고정되어 한동안 움직이기가 힘들겠지만 어차피 호위 병력이 있어서 큰 문제는 없었다.

끼럭, 삐비비비비!

라바가 포탄을 쏜다는 경고음을 내뱉자 카미엘이 일행을 뒤로 살짝 물렸다.

"포탄 나간다!"

퍼엉!

첫 번째 포탄은 초고속 자폭탄으로, 주변에 있는 슬라임을 모조리 증발시켜 버릴 것이다.

슈웅, 콰앙!

끼릿!

"명중!"

마력의 불꽃이 솟아오르자 주변에 있던 슬라임이 전부 녹아 없어져 버렸다.

용병단은 놀라움을 감출 수가 없었다.

"대, 대단하다!"

"이 아저씨 진짜 정체가 뭐야?"

이윽고 카미엘은 아공간 파쇄탄을 준비시켰다.

"4번 장전."

철컥!

아공간 파쇄탄이 장전된 후 라바는 즉시 사격 통제장치를 움직였다.

우우우웅!

퍼엉!

강력한 자기장과 함께 날아간 아공간 파쇄탄이 아공간에 적중하여 약간의 공간 왜곡 현상을 만들어냈다.

꽈지지지지지직!

꿀렁!

잠시 후, 아공간 주변에 자기장의 원이 생기면서 주변의 몬스터를 죄다 빨아들이기 시작했다.

츠츠츠츠츠!

쿠웅!

마치 자석에 이끌리듯 빨려들어 간 몬스터들은 흔적도 없이 사라져 버렸고, 아공간은 그렇게 한참을 산화하다가 장렬히 소멸해 버렸다.

팟!

카미엘은 무릎을 쳤다.

"그렇지!"

"아공간 수치가 0%예요! 이 정도면 대성공인데요?!"

"휴우, 은근히 긴장했어요. 혹시나 통하지 않으면 어쩌나 싶어서 말이죠."

"이야, 이 아저씨, 정말 대단한 아저씨네!"

일행은 카미엘을 칭찬하면서 아공간 쪽으로 천천히 걸어갔다.

그러자 처참한 몰골로 죽어 있는 슬라임 무리와 그 내핵들이 눈에 들어왔다.

"이야, 이거야 원, 아주 노다지네, 노다지!"

"여기 있는 물건만 팔아도 몇 억은 나오겠어!"

"하지만 이런 아공간이 아홉 개나 남았으니 그게 문제지."

용병들은 몬스터의 시신을 수습하고 심장은 따로 분리해서 보관 장치에 넣었다.

하지만 바로 그때, 카미엘의 신경을 건드리는 무언가가 느껴졌다.

우우우웅!

그의 마나서클과 공명하는 물건, 바로 마나스톤이 자신의 존재감을 표출하고 있는 것이다.

"마, 마나서클?!"

"……?"

"대장, 저번에 우리가 삼척에서 본 인위적 아공간 말이야. 그것과 같은 부품이 이곳에도 있어."

"뭐, 뭐야?!"

카미엘은 자못 심각한 표정이 되어버렸다.

"…빌어먹을, 도대체 어떤 새끼가 자꾸 이런 짓을 일삼고 다니는 거지?"

"자네의 그 신묘한 힘을 누군가도 쓸 수 있는 것이라면 사태는 조금 심각해. 앞으로도 이런 일들이 계속해서 일어나게 될 것 아니야?"

"그러게 말이지."

카미엘은 마나스톤에 있는 마력을 흡수시켜 보았다.

슈우우우욱!

그러자 6개의 마나서클이 제 모습을 찾아냈다.

"……!"

이 정도 마나량이라면 하루 이틀 공을 들여서 될 것이 아니었다.

'대단하다. 이 정도 기술력이면 대마도사 반열에 올라도 이상할 것이 없겠어.'

만약 대마도사 반열에 오른 사람이 카미엘과 같이 지하 서고에서 주문을 훔쳤다면 이곳으로 워프해 온 것도 무리는 아니었다.

다만 이런 재능을 암적인 곳에 쓴다는 것이 문제였다.

'아공간도 문제이지만 이놈을 먼저 잡아 족쳐야 한다!'

이놈의 정체가 무엇인지 알 수는 없지만, 이대로 내버려 둔다면 반드시 큰 문제가 발생하고 말 것이다.

카미엘은 이 일이 끝나자마자 그를 추격하기로 마음먹었다.

*   *   *

마영신도시 외곽의 한 시골 마을, 이곳에 광대역 무전기를 갖춘 통신 시설이 암암리에 들어서 있다.

광대역 무전기를 앞에 둔 사내는 지독하게 강한 향을 풍기는 담배를 피우고 있었다.

"후우!"

잠시 후, 그런 그의 앞에 한 여자가 모습을 드러냈다.

"이곳에 계셨군요."

"무슨 일이냐?"

"마을에서 곧 축제를 한답니다."

"후후, 바로 옆집은 초상이 났는데 축제를 벌인다?"

"저 사람들은 저곳에 초상이 났는지 어쩐지 알지도 못합니다."

"그렇긴 해도 상당히 비교가 되는 그림이군."

"원래 세상은 양면이 서로 다른 극과 극의 세상입니다. 부자가 있으면 거지가 있고 권력자가 있으면 노동 계층이 있는 법이지요. 그게 바로 이 세상의 이치입니다."

이윽고 사내가 자리에서 일어섰다.

"뭐, 아무튼 축제를 시작했다니 우리도 곧 움직여야 할 것 같군."

그는 주머니에서 파란색 돌을 꺼내더니 이내 그것을 무전기 옆에 가지런히 놓았다.

그리고 잠시 후 그 파란색 돌의 주변으로 공간 왜곡 현상이 벌어졌다.

꿀렁!

여자는 딱 두 번 박수를 쳤다.

짝짝!

"훌륭합니다."

"다음부터는 그 경외심을 다른 것으로 표현할 수 있도록."

"안 그래도 그럴 생각입니다."

잠시 후, 일그러진 아공간에서 서서히 해괴망측한 괴물들이 스멀스멀 기어 나오기 시작했다.

끄이에에에에엑!

"우리는 이제 그만 가야 할 것 같군."

"그러시죠."

이제 이 마을에는 엄청난 몬스터가 창궐하여 이곳을 쑥대밭으로 만들고 말 것이다.

『도시 마도사』 2권에 계속…

초대형 24시 만화방

신간 100%, 샤워실, 흡연실, 수면실(침대석), 커플석, 세탁기 완비

▪ 시흥 정왕25시점 ▪

경기 시흥시 정왕동 1742-13 미스터피자 건물 5층
031) 319-5629

▪ 강북 노원역점 ▪

서울 노원구 상계동 340-6 노원역 1번 출구 앞 3층
02) 951-8324 (화용빌딩 3층)

▪ 일산 정발산역점 ▪

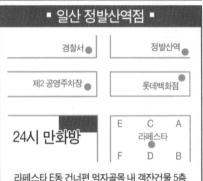

라페스타 E동 건너편 먹자골목 내 객잔건물 5층
031) 914-1957

▪ 일산 화정역점 ▪

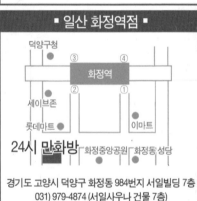

경기도 고양시 덕양구 화정동 984번지 서일빌딩 7층
031) 979-4874 (서일사우나 건물 7층)

▪ 부천 역곡역점 ▪

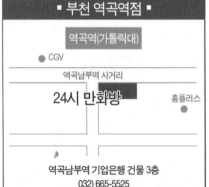

역곡남부역 기업은행 건물 3층
032) 665-5525

▪ 부평역점 ▪

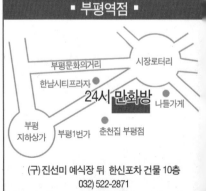

(구)진선미 예식장 뒤 한신포차 건물 10층
032) 522-2871

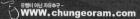

FUSION FANTASTIC STORY

텀블러 장편소설

현대 천마록

천하를 호령하고, 전 무림을 통합한
일월신교의 교주 천하랑.
사람들은 그를 천마, 혹은 혈마대제라고 불렀다.

『현대 천마록』

무공의 끝은 불로불사가 되는 것이라 생각했지만
그로서도 자연의 섭리 앞에선 어쩔 수 없었다!

'그렇게 많은 피를 흘렸음에도 불구하고
죽을 때가 되니 남는 것이 없군그래.'

거듭된 고련 끝에 천하랑의 영혼이
존재하지 않게 된 그 순간
그의 영혼은 현세에서 천마로서 눈을 뜬다!

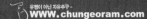

FUSION FANTASTIC STORY

가프 장편소설

시크릿 메즈

SECRET MEZ

－너는 10,000개의 특별한 뉴런을 더하게 되었어.
매직 뉴런, 불멸의 뉴런이지.

실험실 알바를 통해 만난 '6번 뇌'.
우연한 만남은 이강토를 신비의 세계로 이끈다.

『 시크릿 메즈 』

매직 뉴런을 탑재한 이강토의
정재계를 아우르는 좌충우돌 정의무현!
긴장하라, 당신이 누구든 운명은 이미 그의 손안에 있으니!

"무슨 꿍꿍이가 있는지, 어디 한번 봐볼까?"

미러클
테이머

인기영 장편소설

FUSION FANTASTIC STORY

MIRACLE
TAMER

이계로 떨어져 최강, 최고의 테이머가 되었다.
그러나… 남은 것은 지독한 배신뿐.

배신의 끝에서 루아진은 고향, 지구로 되돌아오게 되는데……
몬스터가 출몰하기 시작한 지구!
그리고 몬스터를 길들일 수 있는 테이머 루아진!
그 둘의 조합은……?

『미러클 테이머』

바야흐로 시작되는
테이머 루아진과 몬스터들의 알콩달콩한
대파괴의 서사시!!

Publishing CHUNGEORAM

이모탈 퓨전 판타지 소설
FUSION FANTASTIC STORY

용병들의 대지
Road of Mercenaries

이 세계엔 3개의 성역이 존재한다.
기사들의 성역, 에퀘스.
마법사들의 성역, 바벨의 탑.
그리고… 그들의 끊임없는 견제 속에 탄생하지 못한

『용병들의 대지』

전쟁터의 가장 밑을 뒹굴던 하급 용병 아론은
이차원의 자신을 살해하고 최강을 노릴 힘을 가지게 된다.

그의 앞으로 찾아온 새로운 인생
아론은 전설로만 전해지던
용병들의 대지를 실현시킬 수 있을 것인가!

Book Publishing CHUNGEORAM

용병대의 자유공간
WWW.chungeoram.com

FUSION FANTASTIC STORY

텀블러 장편소설

현대 천마록

천하를 호령하고, 전 무림을 통합한
일월신교의 교주 천하랑.
사람들은 그를 천마, 혹은 혈마대제라고 불렀다.

『현대 천마록』

무공의 끝은 불로불사가 되는 것이라 생각했지만
그로서도 자연의 섭리 앞에선 어쩔 수 없었다!

'그렇게 많은 피를 흘렸음에도 불구하고
죽을 때가 되니 남는 것이 없군그래.'

거듭된 고련 끝에 천하랑의 영혼이
존재하지 않게 된 그 순간
그의 영혼은 현세에서 천마로서 눈을 뜬다!

Book Publishing CHUNGEORAM

유행이 아닌 자유추구 -
WWW.chungeoram.com